CUENTOS Y CHASCARRILLOS ANDALUCES

JUAN VALERA

Las gafas Elocuencia vizcaína Los santos de Francia Fecundidad de la memoria Conversión de un heterodoxo Manifestaciones de duelo del Rey de Portugal La reina madre I II III El Sr. Nichtverstehen El famoso cantor Madureira El portugués filólogo El portugués que llegó a Cádiz El gitano teólogo El cocinero del arzobispo Quien no te conozca que te compre El gloria patri Doña Bishodie El animal prodigioso La karaba Las castañas La col y la caldera El consonante El canto gangoso Un refrán mal aplicado Charadas Bagajes Interpretación de un texto latino Milagro de la dialéctica Extraña manutención militar Los emigrantes La confesión reiterada El Padre Postas La virgen y el niño Jesús De los escarmentados nacen los avisados A quién debe darse crédito Bondad de la plegaria Por no perder el respeto

INTRODUCCIÓN

La afición al *folk-lore* va cundiendo por todas partes. Se coleccionan los romances, baladas y leyendas, los raptos líricos del pueblo, los refranes, los enigmas y acertijos, y los cuentos, anécdotas y dichos agudos que por tradición se han conservado.

Como esta afición es muy contagiosa, nadie debe extrañar que se haya apoderado de nuestro espíritu.

De romances o dígase de poesía épica popular en verso, se ha coleccionado ya mucho en España, y nada o casi nada hay que añadir. D. Agustín Durán formó la más hermosa, rica y completa colección de romances castellanos, elevando con ella un monumento triunfal a nuestra literatura. Acaso no haya pueblo en el mundo que, en esta clase de poesía, presente nada que aventaje o que al menos compita con nuestro Romancero. Para colmo en este género de la riqueza de nuestra península y para hacer mayor ostentación de ella, Garret ha reunido y publicado los romances portugueses, y D. Manuel Milá y Fontanals y D. Mariano Aguiló han reunido los catalanes.

De seguidillas y coplas de fandango tenemos también excelentes colecciones, siendo sin duda la más importante de todas la de D. Emilio Lafuente Alcántara.

Sobre refranes se ha escrito y coleccionado mucho, señalándose recientemente en este género de trabajo D. J. M. Sbarbi.

Infatigables, atinados y diligentes en reunir y publicar producciones de toda clase de la musa vulgar y anónima han sido y son aún el señor don Francisco Rodríguez Marín, residente en Sevilla y el Sr. Machado, conocido por el pseudónimo de Demófilo.

En lo tocante a cuentos vulgares ha habido, no obstante, descuido. En España nada tenemos, en nuestro siglo, que equivalga a las colecciones de los hermanos Grimm y de Musaeus en Alemania, de Andersen en Dinamarca, de Perrault y de la Sra. d' Aulnoy en Francia, y de muchos otros literatos en las mismas o en otras naciones.

En España, sin embargo, se han publicado ya no pocos cuentos vulgares. No tenemos nosotros la pretensión de ser los primeros. Nuestra pretensión es más modesta. Sólo aspiramos a que se aumente, por virtud de nuestra diligencia, el tesoro escrito de los cuentos que el vulgo refiere y que pueden perderse cuando no se escriben.

Los cuentos vulgares son de varias clases, por más que sea difícil marcar los límites que separan unas clases de otras.

Nosotros los dividiremos todos en tres clases distintas. A la primera pertenecen los cuentos de hadas o de encantamientos, los cuales son sin duda los más bonitos de todos, pero son también los menos castizos. Los tales cuentos, desfiguradas reliquias de antiguas

y exóticas mitologías, y fragmentos tal vez de primitivas epopeyas, han venido emigrando desde la India, desde la Persia o desde otros países del remoto Oriente; han pasado por todas las naciones, de Europa y en casi todas ellas se han naturalizado. De aquí que apenas hay cuento de Perrault que no se contase en España antes de que Perrault le escribiera, y que, en cambio, apenas hay cuento de esta clase, que en España pueda escribirse o se escriba ahora, que no esté ya escrito por un autor extranjero como propio de su tierra, donde le ha recogido de la boca del vulgo.

Otra clase de cuentos, si cuentos pueden llamarse, son hechos, lances, anécdotas o dichos conservados por la tradición en determinados lugares y tal vez desfigurados o enriquecidos con adornos por la imaginación del vulgo. De esta clase de cuentos, que nosotros titularíamos leyendas y tradiciones locales, no sabemos que haya en España una extensa colección. Muy de desear sería que esta colección se formara y se publicara.

Hay, por último, cuentos de otra clase, que son los que nosotros nos hemos decidido a reunir, y cuyo principal carácter distintivo es el de ser cómicos, jocosos o chuscos. No hay nación que no posea rico caudal de tales cuentos, inspirados por el buen humor, o sea por lo que llaman los ingleses *humour*, poniendo de moda la palabra, así en las naciones donde la han importado, como en aquellas en cuyo idioma la palabra existía ya, casi con la misma significación y sentido. En castellano, sin duda, no hemos tenido que dar a la palabra humor el sentido que *humour* tiene en inglés. Creemos que desde antiguo, aun sin llevar el calificativo de *bueno*, humor equivalía entre nosotros a *humour* entre los ingleses. Hombre de humor, era como decir hombre gracioso, chistoso, agudo y alegre. Los vocablos que nos faltaban eran los derivados de humor, que se han introducido recientemente en nuestra lengua. Son estos vocablos *humorismo* y *humorístico*.

Grande es la estimación que siempre y en todas partes se ha concedido a la literatura humorística. Hoy, que vivimos en una época triste, en una sociedad revuelta y algo desquiciada y con los espíritus llenos de melancolía, a causa, en gran parte, del alimento malsano que nos propinan los pensadores y filósofos pesimistas, lo jovial y alegre es más de desear que nunca para remedio de aquel mal, para triaca de aquel veneno y para clara demostración de que el vulgo no está, por dicha, tan aburrido y desesperado como se supone, y aun se deleita en inventar o en guardar en la memoria y en referir cosas de burlas y de risa.

Los críticos han fijado su atención, ahora más que nunca, en las producciones del humor alegre en los diferentes pueblos de la tierra.

En Londres, por ejemplo, se está publicando una serie de volúmenes elegantemente impresos e ilustrados con preciosas láminas y viñetas, que se titula *Library of humour*. En esta colección, donde cada tomo vendrá a tener 400 páginas, van ya publicados el humor de Francia, el de Alemania, el de Italia, el de América, el de Holanda, el de Irlanda, el de Rusia, el del Japón y el de España.

En el de España se insertan, por orden cronológico y muy bien traducidos, fragmentos o pasajes de las obras de nuestros singulares autores, desde el poema del Cid, hasta las

novelas y versos de los autores que hoy viven, como Pérez Galdós, Emilia Pardo Bazán, Palacio Valdés, Campoamor y Leopoldo Alas. Contiene, además, el tomo de *El humor de España* no pocas producciones anónimas, como son proverbios, cantares del pueblo, anécdotas, chistes de los periódicos, y cuentos y chascarrillos vulgares.

En la colección que nosotros vamos a ofrecer al público, nos limitaremos a un solo género, pero en extremo abundante: a los cuentos y chascarrillos, y no a los que se cuentan por todas partes, sino a los que hemos oído contar en Andalucía, distinguiéndose casi todos ellos por cierto color y cierta traza propios de aquella tierra. No es esto afirmar que todos nuestros cuentos sean de invención andaluza. Difícil, casi imposible, sería averiguar el origen de cada uno. Sólo afirmamos que los cuentos y chascarrillos que insertamos en este volumen, se cuentan todos en Andalucía. Acaso pasen de setenta los que vamos a coleccionar aquí pero como hay centenares y centenares, es evidente que se nos quedan muchos en el tintero. Otros colectores o nosotros mismos, si este tomo no desagrada al público, podrán o podremos aumentar la colección con nuevos volúmenes.

En el presente hemos procurado exponer con fidelidad cada una de las historias, tales como el vulgo las refiere, y hasta imitar, en lo posible, la natural sencillez del estilo del vulgo. Nada, absolutamente nada, es invención nuestra.

No faltan cándidos autores que califiquen a la musa popular de casta. Y, ¿quién sabe? Acaso lo sea en el fondo. Acaso no peque sino por lo franca y desprovista de aquellos disimulos, pleguerías y circunloquios que encubren la desnudez, y constituyen, o si no constituyen, contrahacen la decencia.

De todos modos, nosotros damos por seguro que hasta los cuentos más verdes del vulgo, son en el fondo menos contrarios a la moral que muchas atildadísimas novelas, donde no hay frase, suceso ni lance escabroso que no esté envuelto en un velo tupido de perífrasis poéticas y elegantes. En suma, los cuentos y chascarrillos vulgares, más que por inmoralidad, pecan a veces por rudeza y grosería. A fin de no escandalizar o disgustar con dicho defecto, hemos suprimido no pocos cuentos que ya teníamos redactados y que nos parecían graciosos. No hemos podido, sin embargo, resistir a la tentación de incluir en este tomo algunos de aquellos cuentos en que se nota con mayor o menor intensidad el defecto ya mencionado. De esperar es que nos lo perdone el benigno lector, a quien humildemente nos encomendamos. Entiéndase, a fin de que se logre este perdón, que no componemos un libro para lectura, instrucción y recreo de señoritas y de niños. Y entiéndase además que en este libro no tenemos la única pretensión de entretener y divertir, sino que también tenemos la única pretensión de fijar y de guardar por escrito algo de lo que pudiéramos llamar la poesía épico-cómica vulgar y difusa, prestándole adecuada forma literaria para que se salve del olvido.

Nos importa advertir, por último, que el pueblo español, por lo mismo que es muy creyente y fervoroso católico, trata a veces con pasmosa confianza las cosas divinas, sin que en esta familiaridad haya irreverencia ni mucho menos malicia. Cuento hay que, interpretado por un espíritu pervertido y avieso, podría creerse compuesto por Voltaire, pero que en realidad es invención de nuestro pueblo, el cual le inventó con candor y no
tuvo ni remotamente al inventarle el propósito de ofender a Dios, ni a los santos, ni a los ángeles, ni de contradecir o impugnar en lo más mínimo los dogmas y creencias de nuestros mayores.

Es casi seguro que muchos de los cuentos del vulgo andaluz que parecen más volterianos, fueron compuestos en los claustros y en las sacristías, por gente de sotana y cuando había Inquisición en nuestro país, y fueron oídos y celebrados con risa por clérigos, frailes y familiares del Santo Oficio. Juzgaban éstos, y en nuestro sentir importa conservar el mismo criterio, que la verdad, católica y la pureza de la fe que la acepta y la conserva sin menoscabo, están tan altas, que no hay chiste que las hiera o lastime. Y están tan arraigadas en la mente y en el corazón de los españoles, que ni en lo antiguo se concebía ni se debe concebir ahora que haya chuscada que prevalezca contra ellas, ni chusco, narrador o inventor de cuentecillo que al componerle o referirle haya tenido la menor intención antirreligiosa.

Todavía en abono de nuestro propósito de coleccionar cuentos vulgares, nos incumbe decir que los que coleccionamos y publicamos ahora están inmediatamente tomados de la boca del vulgo, pero que sería muy curioso e interesante reunir y coleccionar también otros cuentos vulgares de España, no de los que han recibido ya forma literaria y están en colección como la del Conde Lucanor y del Infante D. Juan Manuel, la del Patrañuelo y la del Alivio de caminantes, de Juan de Timoneda, y como la hecha recientemente de cuentos mallorquines por el Archiduque de Austria Luis Salvador. Estas colecciones existen ya y lo curioso sería coleccionar la multitud de cuentos que han recibido también forma literaria y se hallan esparcidos en las obras, en verso y prosa, de nuestros más ilustres autores clásicos.

Los lacayos graciosos de las antiguas comedias españolas, y, especialmente los de Calderón y de Tirso, refieren a menudo cuentos y chascarrillos, como, por ejemplo, el tan celebrado y sabido de memoria por todo el mundo, del vidriero que recibió de Tetuán centenares de monas.

No tienen, por lo general, estos cuentos más propósito que el de mover a risa; pero ocurren a veces casos a los que dichos chascarrillos vienen a aplicarse, resultando o del mismo chascarrillo o de su aplicación una terrible moraleja. Valga para muestra el chascarrillo que refiere, si no lo recordamos mal, un gracioso de Tirso, acerca del hombre que tenía un tumor, y que se gastaba su dinero en médicos y en cirujanos, los cuales no acertaban a curarle. Cada día iba él empeorándose e iba el tumor creciendo, hasta que un día el enfermo acertó a estar cerca de la mula del Doctor que le asistía. La mula era muy maliciosa y sacudió con tanto tino una coz al enfermo que le reventó el tumor y al fin lo dejó sano. Ahora aplican por ahí este cuento a los asuntos de Cuba: los médicos que no aciertan con la curación son nuestros adalides y nuestros políticos y se supone que la mula maliciosa será a la postre la Gran República de los Estados Unidos, si bien contradice la exactitud de la aplicación, entre otras cosas, que en la aplicación la mula no sólo acaba por reventar el tumor de una coz, sino que a fuerza de darnos coces, le produce antes, y luego le fomenta y casi le gangrena, pudriéndonos la sangre.

Como quiera que ello sea, el estro vulgar, que ha dado origen a muchos chascarrillos, ha sido siempre estimado y aprovechado por nuestros más gloriosos ingenios. Sólo de las obras de Miguel de Cervantes Saavedra se podrían entresacar no pocos de los mencionados chascarrillos, que él oyó contar y a los que dio forma imperecedera. Así, pongamos por caso, la historia del deudor que escondió en mi bastón hueco la cantidad que debía, a fin de burlar al acreedor; lance que da ocasión a una discreta sentencia de Sancho Panza; que ya estaba escrito, en tiempo del Emperador Augusto, por el sofista griego Conon, y que fue reproducido más tarde, en la Edad Media, como milagro de San Nicolás, en versos latinos. Y así también el chascarrillo, que el mismo D. Quijote refiere, de la dama que, teniendo como pretendientes a sabios teólogos y jurisconsultos, eligió y concedió sus favores a un lego motilón, diciendo a quien por esto la motejaba que para lo que ella le quería sabía él más filosofía que Aristóteles.

Sirva todo lo dicho como prueba del valer poético que tienen los chascarrillos y del aprecio con que han sido mirados por nuestros clásicos, a pesar de la rudeza y de la grosería licenciosa que en dichos chascarrillos suele haber con frecuencia.

Y si Tirso, Calderón y Cervantes, gustaron de los chascarrillos y se complacieron en darles forma literaria sin que nadie por ello los condene, bien se nos debe tolerar a nosotros, sin incurrir en censura, ya que no merezcamos aplauso, que imitemos, aunque desmañadamente, sin la menor intención de ofender a Dios ni al prójimo, a los autores ya nombrados, flor y nata de los ingenios españoles.

Antes de concluir no nos parece inútil prevenirnos contra dos acusaciones que se nos pueden digerir.

Es una de ellas la de que tal vez haya en nuestra colección cuentos escritos ya y coleccionados por otros autores. Contra esto decimos y afirmamos que nosotros los hemos tomado de boca del vulgo y que no hemos querido cansarnos en buscar si alguien antes de nosotros ha escrito los mismos cuentos. De esperar es que los escritos por nosotros tengan siempre alguna novedad en la escritura.

La otra acusación que presentimos y de la que queremos defendernos, es de la abundancia de historias y lances que hay en nuestro libro, cuyo fundamento es cierto vaporoso producto del ser humano. A fin de hacer sobre este punto nuestra apología, diremos que desde las edades más remotas dicho producto ha sido mirado o más bien oído como fuente de chistes y de gracias, concediéndosele a veces hasta cierta virtud adivinatoria y agorera, así como al estornudo.

El mismo venerable poeta Homero no cree rebajarse escribiendo sobre el caso y contándonos que el hijo de Júpiter y de Maya, dios de la elocuencia e inventor de la lira, no se limitó a estornudar, sino que lanzó otro agüero para escapar de entre las manos de Apolo, que, por ladrón de sus bueyes, le retenía cautivo.

Lo diremos en griego para mayor claridad, y como documento fehaciente de que el numen de comerciantes y banqueros se valía de tretas y hacía emisiones algo sucias:

[oinòn proéeken ... tlémona gastrós érithon atásthalon angelióten]

Y dicho ya cuanto teníamos que decir para que se comprenda el objeto de este libro y para que no se nos culpe sin fundamento de pecaminosas desenvolturas, ponemos punto a la Introducción y rogamos al público que reciba con indulgencia y lea estos cuentos y chascarrillos, donde en nosotros sólo tendrá que aplaudir o que reprobar la forma, pues el fondo es suyo.

Las gafas

Como se acercaba el día de San Isidro, multitud de gente rústica había acudido a Madrid desde las pequeñas poblaciones y aldeas de ambas Castillas, y aun de provincias lejanas.

Llenos de curiosidad circulaban los forasteros por calles y plazas e invadían las tiendas y los almacenes para enterarse de todo, contemplarlo y admirarlo.

Uno de estos rústicos entró por acaso en la tienda de un óptico en el punto de hallarse allí una señora anciana que quería comprar unas gafas. Tenía muchas docenas extendidas sobre el mostrador; se las iba poniendo sucesivamente, miraba luego en un periódico, y decía:

Con éstas no leo.

Siete u ocho veces repitió la operación, hasta que al cabo, después de ponerse otras gafas, miró en el periódico, y dijo muy contenta.

Con éstas leo perfectamente. Luego las pagó y se las llevó.

Al ver el rústico lo que había hecho la señora quiso imitarla, y empezó a ponerse gafas y a mirar en el mismo periódico; pero siempre decía:

-Con éstas no leo.

Así se pasó más de media hora, el rústico ensayó tres o cuatro docenas de gafas, y como no lograba leer con ninguna, las desechaba todas, repitiendo siempre:

-No leo con éstas. El tendero entonces le dijo:

-¿Pero usted sabe leer? -Pues si yo supiera leer, ¿para qué había de mercar las gafas?

Elocuencia vizcaína

El obispo de Málaga más de cien años ha era un varón lleno de saber y virtudes y predicador elocuentísimo. Tenía además tan alegre y suave condición y tanta afabilidad y llaneza en su trato que, lejos de enojarse, gustaba de que sus familiares discutiesen con él y hasta le embromasen.

Era el obispo vizcaíno, y sus familiares, al poner por las nubes su elocuencia, la calificaban de extraña y única entre los hijos de las Provincias Vascongadas, donde, según ellos, no hubo jamás hombre que no fuese premioso de palabra ni clérigo que no pasase por un porro y que en el púlpito no se hiciese un lío.

Movido el bondadoso prelado de su cristiana modestia y de su ferviente patriotismo, sostenía lo contrario, y llegaba a asegurar que lo menos había entre los presbíteros vizcaínos, sus contemporáneos, tres docenas que valían más que él por la ciencia, el arte y la inspiración con que enjaretaban sermones.

Como pasaba el tiempo y no parecía por aquella diócesis ningún clérigo vizcaíno, la disputa se hacía interminable. El obispo no probaba su afirmación de un modo experimental y práctico, y los familiares seguían erre que erre, negando a todos los vizcaínos, menos a Su Señoría Ilustrísima, la capacidad para la oratoria sagrada.

Acertó al cabo a venir a Málaga en busca de amparo y protección un clérigo guipuzcoano que había estudiado con el obispo en el mismo Seminario y había sido allí grande amigo suyo. El obispo le recibió muy bien y le hospedó en su palacio. No tardó, cuando estuvo a solas con él, en hablarle de las discusiones sin término que con sus familiares tenía, y luego le dijo:

-Muy a propósito has venido por aquí para que, valiéndome de ti, demuestre yo la verdad de mi tesis. De hoy en ocho días habrá una gran función en la catedral, y es menester que tú prediques y que el sermón sea tan hermoso y edificante que eclipse, obscurezca y deje tamañitos cuantos yo he compuesto hasta ahora.

-¿Pero cómo ha de ser eso -interrumpió el clérigo muy azarado-, cuando yo, bien lo sabes, sé tan poco de todo, y tengo tan corta habilidad que no me he atrevido jamás a subir al púlpito?

-Dios es Todopoderoso y bueno -contestó el obispo-. Pon en Dios tu esperanza, y no dudes de que por ti y por mí hará en esta ocasión un gran milagro.

Confiando en la bondad divina y más inspirado que nunca el obispo, recatándose de todos y muy sigilosamente, escribió aquella misma noche una verdadera obra maestra, un dechado de perfección; lo mejor acaso que había escrito en su vida.

A la mañana siguiente entregó el sermón al clérigo su amigo, y le excitó para que se le aprendiese muy bien de memoria.

Con extraordinaria repugnancia y miedo, por recelar que no podría aprender el sermón o que le olvidaría después de aprendido, nuestro clérigo (¡tal era el afán con que aspiraba a complacer a su protector!) tomó en la memoria en dos días el sermón entero y sin titubear ni pararse, le recitó como un papagayo delante del obispo. Empleó éste otros dos días en enseñar al flamante predicador la entonación, el gesto y el manoteo correspondientes a cuanto tenía que decir.

El obispo quedó complacidísimo; calificó de admirable aquella oración pronunciada por su amigo, y se prometió y le prometió un triunfo estrepitoso.

Enseguida anunció que el predicador iba a ser su paisano, y lleno de orgullo patriótico dijo a sus familiares:

-Ya verán ustedes lo que es bueno. Ya tendrán ustedes que confesar que este humilde sacerdote de mi tierra y de mi gente predica mejor que yo; es un nuevo Juan Crisóstomo, un raudal de elocuencia y un pozo de sabiduría. En adelante no me embromarán ustedes afirmando que, exceptuándome a mí, no hay vizcaíno que predique.

Llenos de impaciencia estaban todos, ansiando oír predicar al vizcaíno.

Llegaron por fin el día y la hora de la función. La catedral estaba de bote en bote. El obispo y los canónigos asistían en el coro con todo el aparato y la pompa que requerían las circunstancias. En el centro del templo y a no muy larga distancia de la cátedra del Espíritu Santo, se parecían las damas más devotas y elegantes de la ciudad, lindísimas muchas de ellas, todas con basquilla y mantillas de blondas y con rosas, claveles y otras flores en la cabeza. Hombres y mujeres del pueblo llenaban las naves. Era extraordinaria y muy general la curiosidad de oír al nuevo predicador, cuya buena reputación anticipada había cundido por todas partes.

Por fin, apareció en el púlpito nuestro vizcaíno y empezó su sermón con tal habilidad y gracia que la admiración, el asombro y el santo deleite henchían los corazones y los espíritus de todo el auditorio.

Pero ¡oh, terrible desgracia! cuando el sermón iba ya mediado, quiso la suerte, o mejor dicho, quiso la divina providencia que al vizcaíno, que se le sabía tan bien de carretilla, se le fuese el santo al cielo. Trasudaba, se retorcía, se angustiaba y se desesperaba, y todo en balde, porque no podía volver a coger el hilo. Sin duda, iba a tener que bajar del púlpito con el sermón a medio acabar. El descrédito y la caída iban a ser espantosos. Y era lo peor que el sermón quedaba interrumpido en el momento de mayor interés y más

lastimoso: cuando el predicador acababa de ponderar los infortunios que Dios había enviado sobre nuestra nación, o para probarla o para castigar sus muchos pecados, por medio de sequías, epidemias, guerras y malos gobiernos.

El vizcaíno, viéndose en tamaño apuro, perdió por completo la cabeza, y dirigiéndose al obispo, que estaba en la silla episcopal, y hablándole con desenfado, con furia y con la intimidad archifamiliar del antiguo condiscípulo, aunque por fortuna en idioma vascuence, allí completamente ignorado, lanzó votos y reniegos, le denostó y le echó en cara que por culpa suya estaba pasando las penas derramadas, puesto en berlina y amenazado de tener que apelar a una retirada vergonzosa.

¿Quién sabe si fue milagro del Altísimo? Lo cierto es que de repente, cuando descargaba en su lengua nativa aquel diluvio de vituperios sobre el obispo, el vizcaíno, con iluminación súbita y dichosa, volvió a recordar todo lo que del sermón le quedaba por decir. Inspirado además no menos dichosamente, exclamó:

-Hasta aquí Jeremías, en sus Trenos o Lamentaciones.

Y luego prosiguió recitando con fogosa vehemencia y con primor y acierto el resto del sermón hasta llegar a lo último.

Cuantos le oyeron quedaron edificados y maravillados. El obispo demostró que había vizcaínos que predicaban por lo menos tan bien como él. Y no hubo nadie que no calificase al clérigo de excelente predicador y además de tan erudito y versado en las Sagradas Escrituras que se las sabía de coro y las citaba en el texto original hebreo.

Los santos de Francia

En una de las mejores poblaciones de la Mancha vivía, no hace mucho tiempo, un rico labrador, muy chapado a la antigua, cristiano viejo, honrado y querido de todo el mundo. Su mujer, rolliza y saludable, fresca y lozana todavía, a pesar de sus cuarenta y pico de años, le había dado un hijo único, que era muy lindo muchacho, avispado y travieso.

Como este muchacho estaba mimadísimo por su padre y por su madre, era harto difícil hacer carrera con él. A pesar de su mucha inteligencia, a la edad de diez años, leía con dificultad y al escribir hacía unos garrapatos ininteligibles. Lo único que el chico sabía bien era la doctrina cristiana y querer y respetar al autor de sus días y a su señora mamá. El niño era tan gracioso y ocurrente, que tenía embobado a todo el vecindario. Cuantos le conocían le reían los chistes y ponían su ingenio por las nubes, con lo cual al rico labrador se le caía la baba de gusto.

-¡Qué lástima, decía, que este chico se críe cerril en el pueblo, sin hacer más que jugar al hoyuelo, a las chapas, al toro y al salto de la comba, con todos los pilletes! Si yo le enviase a un buen colegio, en una gran ciudad, sin duda que volvería hecho un pozo de ciencia, sería la gloria y el apoyo de mi vejez y serviría y honraría a su patria.

Tanto caviló en esto el labrador, que al fin, sobreponiéndose a la pena que le causaba el separarse de su hijo, le envió a que estudiase en París nada menos.

Seis años estuvo por allí estudiando en uno de los mejores colegios primero y después en la Sorbona.

Como él era, naturalmente, muy despejado, aprovechó mucho, y volvió a casa de sus padres sabiendo cuanto hay que saber, y además elegantísimo y atildadísimo: hecho un verdadero dije; lo que ahora llaman un *dandy*, un *gomoso*.

El padre y la madre estaban más encantados que nunca. Sólo no gustaban de cierto irreverente desenfado que el chico tenía y de que daba muestras a cada paso.

Iba a entrar o a salir por una puerta, y exclamando:

-San Fasón, San Complimán, San Ceremoní-, pasaba antes que su padre.

Hablaba su padre y le interrumpía, y no le dejaba hablar, diciendo:

-San Fasón, San Complimán, San Ceremoní.

Se ponían a la mesa y se servía antes que su padre y madre, tomando lo mejor de cada plato y diciendo siempre: -San Fasón, San Complimán, San Ceremoní.

El padre disimuló al principio, ya que por todo lo demás el muchacho le embelesaba: pero, al cabo, hubo de cargarse, perdió la paciencia, y dijo al chico con grande enojo:

-Mira, hijo mío, vete muy enhoramala y no me invoques ni me mientes más en tu vida a esos santos de Francia, que serán muy milagrosos, pero que están infamemente mal criados.

Fecundidad de la memoria

El señor no estaba en casa, y el negrito que le servía, abrió la puerta a un forastero muy pomposo.

-¿Está en casa su amo de usted? -preguntó el forastero. -Ha salido, -contestó el negrito. -¡Cuánto lo siento! -exclamó el forastero.- No traigo tarjetas.

-¿Qué importa eso? No se apure: diga su nombre; el negrito tiene buena memoria y no le olvidará.

-Pues bien: diga usted a su amo que ha estado aquí a visitarle D. Juan José María Díez de Venegas, Caballero Veinticuatro de la ciudad de Jerez. ¿Se acordará usted?

-¿Y cómo no? -dijo el negrito. En efecto; cuando volvió su amo el negrito le dijo:

-Zeñó, aquí han estado a visitar a su merced D. Juan, D. José, doña María, diecinueve negas, veinticuatro caballeros y la ciudad de Jerez.

Conversión de un heterodoxo

Vivía en Sevilla, hará más de dos siglos, un clérigo tan sabio en Teología y tan gran predicador, que era el pasmo y la gloria de la ciudad, y tan afable con sus iguales, tan modesto con los superiores y tan llano y caritativo con la gente menuda, que se había ganado la voluntad de todo el mundo.

El demonio, que es envidioso y que todo lo añasca, se ingenió de suerte que hizo que el tal clérigo, a fuerza de meditar y de cavilar en las cosas divinas, viniese a caer en uno de los más espantosos errores que pueden afligir a la pobre y limitada inteligencia humana y que pueden dar al traste con los merecimientos y excelencias de un buen cristiano.

Se empeñó nuestro clérigo en considerar absurdo que siendo Dios uno fuese también Trino. Y no sólo se empeñó en considerarlo, sino que se esforzó por demostrar su error y por difundirle y divulgarle con la misma maravillosa elocuencia que había empleado antes en sus piadosos sermones y homilías.

No acertaremos a ponderar la profunda pena y la consternación que se apoderaron del ánimo de los señores inquisidores, del arzobispo, de toda la clerecía y de cuantas personas honradas y devotas había en Sevilla, al enterarse de la tremenda caída de aquel eminente teólogo y de la insolencia infernal con que iba propagando por todas partes una herejía tan perversa como la de Arrio y la de Mahoma.

Mucho lamentaron y lloraron el extravío de nuestro clérigo los numerosos amigos con que contaba y muy singularmente los señores inquisidores; pero la obligación está por cima de todo, y más aún cuando se trata de la pureza de la fe. Una migajilla de levadura puede fermentar toda la masa. Un ligero asomo de corrupción, una pequeña llaguita puede inficionar y gangrenar el cuerpo sano de la república si no se acude pronto al remedio, cauterizando la llaguita, o digamos quemándola.

Como la llaguita era el clérigo susodicho, era indispensable, laudable e inevitable quemarle vivo, si no se arrepentía y retractaba. Le encerraron, pues, en un calabozo de la inquisición y empezaron con toda solemnidad a formar contra él el proceso.

Poco había que hacer, porque el clérigo, no sólo estaba convicto, sino que se jactaba de su abominable doctrina.

Deseosos, sin embargo, de salvarle, los teólogos más sutiles y dialécticos acudían al calabozo a discutir con el hereje, ya en forma silogística, ya *en materia*, ya valiéndose de la razón y elevándose a las más altas y metafísicas especulaciones, ya con argumentos de autoridad y citas de la Sagrada Escritura, de los Santos Padres y de los Concilios, para ver si lograban que se convenciese de su nefando error y que al fin se retractase. Así se evitaría la de otra suerte inevitable chamusquina, que deploraban todos, por el entrañable cariño que profesaban al obcecado y simpático delincuente.

Eacute;ste, excitado sin duda por el espíritu de contradicción, y aun, a lo que se sospecha, por el espíritu de las tinieblas, resultaba más terco, más contumaz y más aferrado en su opinión, después de cada disputa. Y como sabía más que Lepe, y también mucho más que todos los que con él iban disputando, y como asimismo estaba dotado de una facundia grandilocuente y ciceroniana, a todos los arrollaba y vencía, desbaratando y refutando cuantos argumentos aducían en contra y permaneciendo siempre en sus trece.

¡Qué calamidad! decía el arzobispo.

-¡Qué caso tan lastimoso! -exclamaban en coro los canónigos y los beneficiados.

-¡Horror, horror, horror! -decían por último los inquisidores, suspirando los unos, y gimiendo los otros. Pero en fin, añadían, no hay más recurso. No hay más esperanza: *corruptio optimi pesima*: será menester quemar vivo a este prodigio de sabiduría.

Todo estaba dispuesto ya y sólo faltaban tres o cuatro días para que con pompa solemne y edificante se verificara la quema, criando cierto lego franciscano, que tenía fama de bruto y de zafio, pidió con decidido empeño licencia para ver al preso, afirmando y pronosticando, con la mayor seguridad, que él le convencería y lograría que se retractase.

Aunque no era ocasión de risas ni de burlas, porque los inquisidores estaban muy afligidos, todavía se rieron y se burlaron algo de la vanidosa y ridícula pretensión del lego. Tan extremada fue, no obstante, su pretensión, que al cabo cedieron los inquisidores y se verificó la entrevista.

-¿Cuántos Dioses hay? -preguntó el lego. Uno -contestó el clérigo. -¿Y personas? -volvió a preguntar el lego. -Una también -replicó el otro.

-Pues no, señor -dijo entonces el lego-: Las personas son tres, y sobre todo, como usted no tiene que mantenerlas, lo mismo le importa que sean tres que trescientas.

A razonamiento tan atinado el clérigo no tuvo nada que contestar, quedó plenamente convencido y prometió retractarse.

Cuando por toda Sevilla se supo la victoria del lego, el pueblo entusiasmado le creyó un bendito siervo de Dios que, valiéndose de su gracia, había hecho aquel estupendo milagro. La plebe entusiasta paseó al lego en triunfo por calles y por plazas. Al clérigo hereje arrepentido le pusieron en libertad. Los inquisidores, con lágrimas de alegría le abrazaban conmovidos. Se habían quitado de encima del corazón el enorme peso de tener que achicharrarle.

El Sr. Arzobispo se holgó también lo que no es decible y mandó cantar en la catedral un solemne *Te Deum*. Hasta hay quien asegura que, para mayor regocijo, los seises bailaron en aquella ocasión y tocaron las castañuelas.

Manifestaciones de duelo del Rey de Portugal

Un portugués contaba a un andaluz los extremos de doloroso sentimiento que hizo el Rey de Portugal por la muerte de la Señora Infanta, su linda hija.

Extraordinarias eran las cosas que el portugués refería; pero el andaluz, en vez de maravillarse, decía siempre:

-¿Y no hizo más que eso?

Algo enojado el portugués de que el andaluz no se maravillase, ponderaba cada vez más las manifestaciones de duelo de Su Majestad Fidelísima.

El andaluz, no obstante, permanecía indiferente y no se cansaba de repetir:

-¿Y no hizo más que eso?

El portugués perdió por último la paciencia, y dijo para terminar:

-Ainda fiz mais: mandou que en todo o reino ninguem creese'en Deus en tres annos, para que Deus, nos tempos vendouros, saiva como se ten de conduzir con o Rei de Portugal.

I

La reina madre

En un pequeño lugar de la provincia de Córdoba vivía un pobre labrador, joven y guapo, cuya mujer era la más linda muchacha que había en cuarenta o cincuenta leguas a la redonda. Fresca y robusta, estaba rebosando salud. Y tenía tan apretadas carnes que, según afirmaba su marido, era difícil, cuando no imposible, pellizcarla. Su pelo era rubio como el oro, y sus mejillas parecían amasadas con leche y rosas.
Marido y mujer se idolatraban.
Hacía poco tiempo que estaban casados; siempre se estaban arrullando como dos tórtolos, pero aun no tenían hijos.
Ambos eran tan simpáticos, que contaban con multitud de amigos en la vecindad y aun en todo el pueblo.
Llegó el día en que el marido cumplía treinta años, y la mujer, de acuerdo con él, quiso celebrar la fiesta, agasajando a los vecinos más íntimos con un opíparo gaudeamus.
Aunque ellos eran pobres, no carecían de recursos para satisfacer tan generoso deseo.
Iba a terminar el mes de Noviembre y acababan de hacer la matanza de un cerdo. Tenían, pues, exquisitas morcillas y lomo fresco en adobo.
Habían criado y cebado además una magnífica pava. La mujer la preparó diestramente, le rellenó el buche con los menudillos, con castañas, alfónsigos, piñones y otros sabrosos condimentos y especias, y la asó, o más bien la frió en una enorme cazuela. Ya todo preparado para la cena, que debía ser a las nueve de la noche; acudieron con puntualidad los convidados y fueron recibidos por los gallardos y amables esposos, en la amplia cocina de la casa, que estaba en el piso bajo y que era también comedor y estrado o sala de recibimiento. La mesa se veía en el centro, cubierta de blancos y limpios manteles y aderezada con flores y frutas. Un resplandeciente velón de Lucena, con los cuatro mecheros encendidos, daba luz a la mesa. Y dos candiles de hierro, colgados de sendas tomizas, iluminaban el resto de la estancia, cuyas paredes tenían por adorno cabezas disecadas de ciervos y de lobos, algunas escopetas de caza, dos jaulas de perdices, una tablita con palillo y cimbel, y varios peroles y cacerolas de azófar y cobre, colgados de alcayatas, y tan fregados y lustrosos que relucían más que venecianos espejos.
La chimenea era de campana, de suerte que el hogar avanzaba bastante, y en él estaba la comida ya pronta, sobre el rescoldo, para que no se enfriase ni se quemase.
El joven matrimonio no tenía criado ni criada. Ellos mismos se servían.

La mujer había dejado apagar el fuego. Sólo había algunas brasas y cenizas, faltando el calor y la alegría de la llama.

Aquella noche hacía mucho frío y caía abundante nieve en la calle.

Los convidados habían llegado casi tiritando y con la ropa algo mojada.

Para mayor regalo y deleite, decidió entonces la mujer encender un buen fuego. Fue al corral y trajo algunos palos de olivo, sarmientos y pasta de orujo. Lo colocó todo en el hogar, muy bien dispuesto para que ardiese; pero todo estaba húmedo y no ardía.

La pobre mujer bregaba no poco, y en balde, para hacer arder la leña. Y como no tenía esportilla ni fuelle con que agitar el aire, se agachó y empezó a soplar furiosamente; pero nada, no conseguía que la llama se levantase.

Enojada entonces, sopló con triple furia, y aunque tenía buenos pulmones y salía de su boca como un vendaval, no lograba su objeto.

Apretó, por último, mucho más el soplo, y con el violento esfuerzo que hizo, se le extravió el aire, y tomó una dirección enteramente contraria. Por alguna parte había de salir, y el aire salió de súbito con tan tremenda sonoridad por muy distinto respiradero, que retumbó en la estancia como un cañonazo, aunque con acento tan claro, tan inimitable y tan propio, que con nada podía confundirse ni equivocarse.

Los tertulianos no pudieron menos de oír aquella música estrepitosa y de comprender el oculto instrumento que la producía. Así es que, sin acertar a contenerse, prorrumpieron en la más desaforada risa.

Fue entonces tan horrible la vergüenza de aquella excelente mujer, que exclamó desesperada:

—¡Ojalá se abra la tierra y me trague!

¡Oh, estupendo prodigio! La tierra se abrió en efecto y se tragó a la mujer.

La risa de los tertulianos se convirtió en asombro y en lamento.

El marido desolado, nuevo Orfeo de aquella Eurídice, buscaba a su mujer y no podía hallarla.

II

La mujer tragada por la tierra se encontró de repente a la puerta de una rica y populosa ciudad donde todo florecía, brillaba y era regocijado y ameno.

Los habitantes discurrían por calles y plazas, vestidos con suma elegancia y con trajes caprichosos y fantásticos. Suaves músicas sonaban por donde quiera. Era día claro, el sol brillaba casi en el cenit. Sus rayos doraban el aire, reverberando en las pintorescas
fachadas, en los muros, en las esbeltas torres y en las graciosas cúpulas y gigantescos cimborrios de casas, alcázares y templos.

Se hallaba ya nuestra lugareña cordobesa en el centro de la ciudad y en medio de una magnífica plaza, cuando la gente empezó a agruparse formando círculo en torno de ella, con muestras de profundo respeto y de entrañable cariño.

Echaron luego los sombreros por el aire y empezaron a gritar con entusiasmo:

-¡Viva la reina madre! ¡Viva la reina madre!

Aparecieron de pronto muchos caballeros principales, soldados y gente de gala, y ciertos ministros o funcionarios, al parecer palaciegos, que venían con unas andas riquísimas y sobre las andas algo a manera de trono portátil o silla gestatoria.

Los más autorizados y pomposos de aquellos personajes rodearon a nuestra heroína, haciéndole mil reverencias, genuflexiones y otras señales de acatamiento, la revistieron de una preciosa túnica rozagante y de un manto de tela de oro y colocaron una corona real sobre su cabeza. La levantaron después hasta las andas, y sentada en la silla gestatoria, la llevaron en procesión al más hermoso palacio que en la ciudad había, y donde, como es natural, el Rey habitaba.

Subieron todos la monumental y amplia escalera, entre dos filas de coraceros de la guardia, recorrieron luego con gran prosopopeya larga serie de áureos salones, en los cuales resonaba agradable música de instrumentos de viento, y al fin se encontraron en el salón del trono, cuya disposición arquitectónica era inusitada y rarísima, porque la bóveda, que formaba el techo, no era una media naranja, sino dos, en medio de las cuales había una estrechura, y en medio de la estrechura, una hermosa claraboya redonda por donde entraba la luz cenital que todo lo iluminaba.

Imposible sería describir aquí el lujo y la gala de los señores de la Corte y de los altos dignatarios que rodeaban el Trono y de la deslumbradora riqueza de Trono mismo. Baste decir que en él estaba sentado, con corona y cetro, un joven Rey hermosísimo, rubio como las candelas, gracioso, robusto y alegre, el cual apenas vio entrar a nuestra heroína cordobesa cuando descendió del trono y casi con lágrimas de alegría, y con acento conmovido y sonoro, exclamó estrechándola entre sus brazos y cubriéndole el rostro de besos:

-¡Oh, adorada madre mía, en buena hora y en mejor sazón me concebiste en tus muy sanas y generosas entrañas y te dignaste lanzarme al mundo con tan poderoso aliento vital y con tamaña superioridad y excelencia entre todos los de mi casta que no han podido menos de reconocerme por amo y señor, de concederme el mero y el mixto imperio y de coronarme como Rey de toda esta dilatada, aérea y vaporosa Pordesarquía!

Después de este cariñoso desahogo de su majestad retumbante, la reina madre fue por él espléndidamente obsequiada con un regio banquete, donde se sirvieron palominos en

abundancia, condimentados con diferentes salsas, y de postres deliciosos y ligeros suspiros de canela.

De sobremesa, y arrullada por una música dulce, la reina madre se quedó dormida. Cuando se despertó se halló de nuevo en su casa, en su cama y al lado de su marido.

Cuanto había visto se le figuró entonces que era un sueño; pero pronto se convenció de que no había sido sueño, sino realidad.

Fue a la despensa a tomar habichuelas para guisarlas y almorzar aquel día. Más de dos fanegas de esta semilla tenía en grandes orzas, y había sido tan frecuente su alimentación de tan explosivo comestible que a él atribuía nuestra heroína el percance de la noche anterior. ¡Cuán grande no sería su sorpresa y cuán inesperado no sería su regocijo cuando al ir a tomar las habichuelas, que estaban en las orzas, se encontró con que eran todas de oro finísimo! Para mayor claridad, en cada orza había una planchita, de oro también y a modo de tarjeta, sobre la cual estaba escrito con letras de diamante: *El Rey de Pordesarquía, Emperador de la Eolia occidental, en prueba de agradecimiento a su querida reina madre.*

Inútil es encarecer el desahogo, el regalo y la opulencia con que de allí en adelante vivió el joven matrimonio de que trata esta historia.

III

Tenía la reina madre, ya que con este título la conocemos, una amiga de la infancia a quien amaba de corazón.

La amiga, sin embargo, era harto indigna de tan noble cariño. Eran no pocas sus faltas, despuntando entre ellas las de ser en extremo envidiosa y codiciosa.

Aunque la reina madre la hacía participar de su buenaventura regalándola y agasajándola, ella enflaquecía de envidia y se iba poniendo verdinegra y seca como un esparto.

Con villana astucia e infame disimulo logró al cabo que la reina madre le explicase el origen de su bienestar repentino.

No bien lo supo dijo para sus adentros:

—¡Pues yo no he de ser menos!

Y en efecto; convidó a la vecindad, preparó el festín, y cuando los convidados estuvieron reunidos, se agachó y se puso a soplar el fuego con no poco ímpetu; pero le sucedió al

revés que a la reina madre. Levantó llama en el hogar, y aunque apretaba y se esforzaba no conseguía que el instrumento sonase.

Siguió apretando con violento y desesperado ahínco, y al cabo logró producir un sonido tenue, lánguido, atiplado y miserable.

Entonces dijo: —¡Ojalá se abra la tierra y me trague! ¡Oh prodigio no menor que el realizado con la reina madre! La tierra se abrió también y se tragó a su amiga. Hasta aquí fue el suceso semejante; pero después, ¡cuán diferente!

La amiga envidiosa y codiciosa se encontró en la capital de Pordesarquía, pero se quedó extramuros. Los guardias que defendían la puerta de la ciudad la llamaron ruin, plebeya y haraposa y no le dieron entrada.

Un tropel de pordioseros, sucios y desharrapados, y de mendigos enfermos la cercaron, tratándola con furia y desprecio, y la llevaron a un inmundo muladar. Allí estaba postrada una criatura feísima, encanijada, diminuta y enfermiza, que inspiraba compasión y asco. Este pequeño monstruo, este abominable microbio se abalanzó a la amiga envidiosa, se le colgó al cuello y la besó con su boca sin dientes, cubriéndola de apestosas babas.

-¡Oh, ilusa madre mía! -le dijo- avergüénzate y humíllate al contemplar en mí el vil engendro de tu envidia y de tu codicia, por cuya virtud me has concebido en tus entrañas de víbora. Yo soy tu viborezno. Pronto tendrás lo que mereces.

Con la repugnancia y el susto la infeliz mujer cayó desmayada. Cuando volvió en sí se encontró en su casa de nuevo, pero se llenó de horror y tuvo ganas de huir de su casa. Mucha parte del muladar en que había visto a su hijo se había trasladado a su casa como por encanto. Y en aquella basura bullían, hervían y se agitaban millares de sapos y culebras y un negro ejército de curianas y de escarabajos peloteros que fabricaban y arrastraban hediondas bolitas.

Y aquí termina este cuento, que es muy moral, ya que el Dios Eolo supo premiar y premió la virtud y la sencillez de la reina madre, y supo castigar y castigó como es justo, los vicios vitandos de la envidia y de la codicia.

El Sr. Nichtverstehen

Con rico cargamento de vinos generosos, higos, pasas, almendras y limones, en la estación de la vendeja llegó a Hamburgo, procedente de Málaga, ura goleta mercante española. El patrón, el piloto y el contramaestre sabían muy bien su oficio o dígase el arte de navegar, pero de todas las demás cosas, menester es confesarlo, sabían poco o nada: tenían muy gordas las letras, como vulgarmente suele decirse. Por dicha, remediaba este mal y aun le trocaba en bien, un malagueño muy listo que iba a bordo como secretario del patrón y que apenas había ciencia ni arte que no supiese o en la que por lo menos no estuviese iniciado, ni idioma que no entendiese, escribiese y hablase con corrección y soltura.

Había en el puerto gran multitud de buques de todas clases y tamaños, resplandeciendo entre ellos, llamando la atención y hasta excitando la admiración y la envidia de los españoles, un enorme y hermosísimo navío, construido con tal perfección, lujo y elegancia que era una maravilla.

Los españoles naturalmente tuvieron la curiosidad de saber quién era el dueño del navío y encargaron al secretario que, sirviendo de intérprete, se lo preguntase a alumnos alemanes que habían venido a bordo.

Lo preguntó el secretario y dijo luego a sus paisanos y camaradas:

-El buque es propiedad de un poderoso comerciante y naviero de esta ciudad en que estamos, el cual se llama el Sr. Nichtverstehen.

-¡Cuán feliz y cuán acaudalado ha de ser ese caballero! -dijo el patrón envidiándole.

Saltaron luego en tierra y se dieron a pasear por las calles, contemplando y celebrando la grandeza y el esplendor de los edificios.

A través de una reja preciosa de bronce dorado y en el centro de un parque lleno de corpulentos y frondosos árboles, y cubierto el suelo de verde césped y de lindas flores, vieron uno de los más suntuosos palacios que habían visto en su vida. Encomendaron al secretario que preguntase quién era el amo del palacio y en él vivía.

El secretario se dirigió a un transeúnte, le preguntó y volvió a sus amigos diciéndoles:

-Quien habita en ese palacio y le posee es el mismo comerciante y naviero dueño del buque: el Sr. Nichtverstehen.

Siguieron recorriendo las calles, muy distraídos en ver pasar muchedumbre de pueblo, gran número de gente bien vestida, a pie, a caballo y en coche, y no pocas gallardas mujeres, que les cautivaban la atención y aun los corazones. Una, sobre todo, los dejó embelesados, porque era un prodigio de hermosura, joven y rubia, y tan majestuosa como una emperatriz. Iba sentada en reluciente landó abierto, del cual tiraban dos briosos caballos de la más pura sangre inglesa.

Deslumbrados ante la pomposa aparición de aquella mujer, que les pareció más divina que humana, ansiaron saber quién era. Fue el secretario a preguntarlo y volvió diciendo:

-Es la mujer del comerciante y naviero, dueño del buque y del palacio: es la señora de Nichtverstehen.

Aunque los españoles somos por lo común poco envidiosos y hasta magnánimos, no se ha de negar que, en esta ocasión y harto fundado motivo había para ello, el patrón, el piloto y los demás de la goleta se morían de envidia.

A fin de consolarse de no ser tan venturosos como el Sr. Nichtverstehen, tomaron dos cochecitos de punto y se fueron a pasear por los floridos alrededores de Hamburgo.

Durante este paseo en coche, crecieron la admiración y la envidia de todos. Y la cosa no era para menos. Vieron una magnífica fábrica de tejidos. Preguntaron quién era el fabricante capitalista, y supieron por el mismo conducto y medio que era el Sr. Nichtverstehen.

Admiraron después una suntuosa quinta circundada de bosques y jardines, con colosales invernáculos, donde había palmas gigantescas, helechos arborescentes, naranjos, limoneros, higueras de la India, orquídeas y mil otras plantas de los climas cálidos, y donde bramaban, gruñían y cantaban, en grandes jaulas, multitud de fieras y de aves. Con asombro supieron que aquel regio y campestre retiro era también propiedad del Sr. Nichtverstehen.

-Debe de ser un potentado -exclamaba el piloto.

-Lo que posee valdrá muchos millones de florines -añadía el patrón.

-¡Quién fuera como el Sr. Nichtverstehen! -decían los demás en coro.

Haciendo estas exclamaciones volvieron a entrar en la ciudad, se apearon y prosiguieron a pie su paseo formando grupo.

De pronto se llenó la calle de gente.

-¿Qué será? -decían.

Era un entierro de mucho lujo.

El secretario, según tenía ya de costumbre, se dirigió a una persona de las que vio más cerca para enterarse y saber a quién llevaban a enterrar.

Luego que se enteró, el secretario volvió a sus compañeros, y como era docto y sentencioso y no sólo sabía alemán sino también latín, les dijo con mucha gravedad:

-*Sic transit gloria mundi*. No hay que envidiar la opulencia, los deleites y el regalo. De nada le han valido todos sus millones al Sr. Nichtverstehen. Era tan mortal como el más miserable pordiosero. Ahí le tenéis encerrado en ese féretro, y dentro de poco estará en el sepulcro y será pasto de gusanos.

El famoso cantor Madureira

Fue tan hábil este cantor y tenía una voz tan dulce y tan argentina, que hizo el encanto de cuantos le oyeron durante su gloriosa pero no muy larga vida. Los portugueses estaban llenos de orgullo porque había pertenecido a su nación tan eminente artista.

Así es que, después de su muerte, le enterraron como a todo el mundo; pero el entierro fue suntuoso y las exequias más suntuosas aún. En los *Placeres*, que aunque parezca extraño, así se llama el cementerio de Lisboa, le erigieron un soberbio mausoleo; y en una lápida de mármol negro inscribieron con letras de oro el siguiente epitafio:

Aquí yace o Senhor de Madureira, o primer cantor do mundo. Morreu.
Porem, non morreu, Chamoulhe Deus a sua Capella. Mandou-lhe cantar.
Nào quiz. Rogou-lhe que cantase. Entao cantou. E diz Deus: Vayan os
anjos a merda que canta muito melhor o Sennor de Madureira.
El portugués filólogo

Cierto portugués, muy docto en filología, comparaba una vez la lengua francesa con su propia lengua y decía entre otras cosas:
-Eu acho muito natural que os francezes chamen ao vinho, *vin*; ao pâo *pain*;é ao chapeu, *chapeau*; porem que ao pescozo chamen cu... *¡é até indezente!*

El portugués que llegó a Cádiz

Venía por mar este portugués, y estaba tan mareado, que ni aun después de desembarcar se le pasó el mareo. Iba dando traspiés e imaginaba que brincaban las casas en torno suyo y que el suelo se movía.
Entonces exclamó: -¡Não tremas terra, que eu não te fazo mal!

El gitano teólogo

Se fue a confesar un gitano ya de edad provecta y muy preciado de discreto. El Padre le preguntó si sabía la doctrina cristiana. -Pues no faltaba más sino que a mis años no la supiese -dijo el gitano. Pues rece usted el Padrenuestro -dijo el confesor.
-Mire usted, Padre -contestó el gitano- no me avergüence preguntándome cosas tan fáciles. Eso se pregunta a los niños de la doctrina y no a los hombres ya maduros y que no tienen traza de ignorantes o de tontos. En punto a religión yo sé cuanto hay que saber. Hágame preguntas difíciles, morrocotudas, y ya verá cómo contesto.
-Bien está -dijo el padre.- Pues entonces responda usted: ¿Cómo es que, siendo Dios omnipotente y criador de cielos y tierras, consintió en hacerse hombre y en venir al mundo?
El gitano contestó sin titubear:
-Pues ahí verá usted.
-Y si N. S. Jesucristo no hubiera venido a salvarnos -prosiguió el Padre- y si no hubiera padecido pasión y muerte, ¿qué hubiera sido de nosotros?
-Hágase usted cargo -replicó el gitano. Y el padre se quedó turulato al oír contestaciones tan llenas de sabiduría.

El cocinero del arzobispo

En los buenos tiempos antiguos, cuando estaba poderoso y boyante el Arzobispado, hubo en Toledo un Arzobispo tan austero y penitente, que ayunaba muy a menudo y casi siempre comía de vigilia, y más que pescado, semillas y yerbas.
Su cocinero le solía preparar para la colación, un modesto potaje de habichuelas y de garbanzos, con el que se regalaba y deleitaba aquel venerable y herbívoro siervo de Dios, como si fuera con el plato más

suculento, exquisito y costoso. Bien es verdad que el cocinero preparaba con tal habilidad los garbanzos y las habichuelas, que parecían, merced al refinado condimento, manjar de muy superior estimación y deleite.

Ocurrió, por desgracia, que el cocinero tuvo una terrible pendencia con el mayordomo. Y como la cuerda se rompe casi siempre por lo más delgado, el cocinero salió despedido.

Vino otro nuevo a guisar para el señor Arzobispo y tuvo que hacer para la colación el consabido potaje. Él se esmeró en el guiso, pero el Arzobispo le halló tan detestable, que mandó despedir al cocinero e hizo que el mayordomo tomase otro.

Ocho o nueve fueron sucesivamente entrando, pero ninguno acertaba a condimentar el potaje y todos tenían que largarse avergonzados, abandonando la cocina arzobispal.

Entró, por último, un cocinero más avisado y prudente, y tuvo la buena idea de ir a visitar al primer cocinero y a suplicarle y a pedirle, por amor de Dios y por todos los santos del cielo, que le explicara cómo hacía el potaje de que el Arzobispo gustaba tanto.

Fue tan generoso el primer cocinero, que le confió con lealtad y laudable franqueza su procedimiento misterioso.

El nuevo cocinero siguió con exactitud las instrucciones de su antecesor, condimentó el potaje e hizo que se le sirvieran al ascético Prelado.

Apenas éste le probó, paladeándole con delectación morosa, exclamó entusiasmado:

-Gracias sean dadas al Altísimo. Al fin hallamos otro cocinero que hace el potaje tan bien o mejor que el antiguo. Está muy rico y muy sabroso. Que venga aquí el cocinero. Quiero darle merecidas alabanzas.

El cocinero acudió contentísimo. El Arzobispo le recibió con grande afabilidad y llaneza, y puso su talento por las nubes.

Animado entonces el artista, que era además sujeto muy sincero, franco y escrupuloso, quiso hacer gala de su sinceridad y de su lealtad y probar que sus prendas morales corrían parejas con su saber y aun se adelantaban a su habilidad culinaria.

El cocinero, pues, dijo al Arzobispo:

-Excelentísimo señor: a pesar del profundísimo respeto que V. E. me inspira, me atrevo a decirle, porque lo creo de mi deber, que el antiguo cocinero lo estaba engañando y que no es justo que incurra yo en la misma falta. No hay en ese potaje garbanzos ni habichuelas. Es una falsificación. En ese potaje hay albondiguitas menudas hechas de jamón y pechugas de pollo, y hay riñoncitos de aves y trozos de criadillas de carnero. Ya ve V. E. que le engañaban.

El Arzobispo miró entonces de hito en hito al cocinero, con sonrisa entre enojada y burlona, y le dijo:

-¡Pues engáñame tú también, majadero!

No nos atrevemos a asegurarlo, pero nos parece y querernos suponer que el tío Cándido fue natural y vecino de la ciudad de Carmona.

Tal vez el cura que le bautizó no le dio el nombre de Cándido en la pila, sino que después todos cuantos le conocían y trataban le llamaron Cándido porque lo era en extremo. En todos los cuatro reinos de Andalucía no era posible hallar sujeto más inocente y sencillote.

El tío Cándido tenía además muy buena pasta.

Era generoso, caritativo y afable con todo el mundo. Como había heredado de su padre una haza, algunas aranzadas de olivar y una casita en el pueblo, y como no tenía hijos, aunque estaba casado, vivía con cierto desahogo.

Con la buena vida que se daba se había puesto muy lucio y muy gordo.

Solía ir a ver su olivar, caballero en un hermosísimo burro que poseía; pero el tío Cándido era muy bueno, pesaba mucho, no quería fatigar demasiado al burro y gustaba de hacer ejercicio para no engordar más. Así es que había tomado la costumbre de hacer a pie parte del camino, llevando el burro detrás asido del cabestro.

Ciertos estudiantes sopistas le vieron pasar un día en aquella disposición, o sea a pie, cuando iba ya de vuelta para su pueblo.

Iba el tío Cándido tan distraído que no reparó en los estudiantes.

Uno de ellos, que le conocía de vista y de nombre y sabía sus cualidades, informó de ellas a sus compañeros y los excitó a que hiciesen al tío Cándido una burla.

El más travieso de los estudiantes imaginó entonces que la mejor y la más provechosa sería la de hurtarle el borrico. Aprobaron y hasta aplaudieron los otros, y puestos todos de acuerdo, se llegaron dos en gran silencio, aprovechándose de la profunda distracción del tío Cándido, y desprendieron el cabestro de la jáquima. Uno de los estudiantes se llevó el burro, y el otro estudiante, que se distinguía por su notable desvergüenza y frescura, siguió al tío Cándido con el cabestro asido en la mano.

Cuando desaparecieron con el burro los otros estudiantes, el que se había quedado asido al cabestro tiró de él con suavidad. Volvió el tío Cándido la cara y se quedó pasmado al ver que en lugar de llevar el burro llevaba del diestro a un estudiante.

Eacute;ste dio un profundo suspiro, y exclamó: -Alabado sea el Todopoderoso. Por siempre bendito y alabado, -dijo el tío Cándido. Y el estudiante prosiguió:

-Perdóneme usted, tío Cándido, el enorme perjuicio que sin querer le causo. Yo era un estudiante pendenciero, jugador, aficionado a mujeres y muy desaplicado. No adelantaba nada. Cada día estudiaba menos. Enojadísimo mi padre me maldijo, diciéndome: eres un asno y debieras convertirte en asno.

Dicho y hecho. No bien mi padre pronunció la tremenda maldición, me puse en cuatro pies sin poderlo remediar y sentí que me salía rabo y que se me alargaban las orejas. Cuatro años he vivido con forma condición asnales, hasta que mi padre, arrepentido de su dureza, ha intercedido con Dios por mí, y en este mismo momento, gracias sean dadas a su Divina Majestad, acabo de recobrar mi figura y condición de hombre.

Mucho se maravilló el tío Cándido de aquella historia, pero se compadeció del estudiante, le perdonó el daño causado y le dijo que se fuese a escape a presentarse a su padre y a reconciliarse con él.

No se hizo de rogar el estudiante, y se largó más que deprisa, despidiéndose del tío Cándido con lágrimas en los ojos y tratando de besarle la mano por la merced que le había hecho.

Contentísimo el tío Cándido de su obra de caridad se volvió a su casa sin burro, pero no quiso decir lo que le había sucedido porque el estudiante le rogó que guardase el secreto, afirmando que si se divulgaba que él había sido burro lo volvería a ser o seguiría diciendo la gente que lo era, lo cual le perjudicaría mucho, y tal vez impediría que llegase a tomar la borla de Doctor, como era su propósito.

Pasó algún tiempo y vino el de la feria de Mairena.

El tío Cándido fue a la feria con el intento de comprar otro burro.

Se acercó a él un gitano, le dijo que tenía un burro que vender y le llevó para que le viera.

Qué asombro no sería el del tío Cándido cuando reconoció en el burro que quería venderle el gitano al mismísimo que había sido suyo y que se había convertido en estudiante. Entonces dijo el tío Cándido para sí:

-Sin duda que este desventurado, en vez de aplicarse, ha vuelto a sus pasadas travesuras, su padre le ha echado de nuevo la maldición y cátale allí burro por segunda vez.

Luego, acercándose al burro y hablándole muy quedito a la oreja, pronunció estas palabras, que han quedado como refrán:

-Quien no te conozca que te compre.

El gloria patri

Cuentan que Godoy, cuando estaba en la cumbre del poder y en lo mejor de su valimiento, protegió y favoreció pródigamente a sus antiguos camaradas los guardias de corps. A dos o tres de ellos los envió de embajadores, a otros los hizo gobernadores y hasta virreyes, y no pocos fueron de canónigos a diferentes catedrales.

Uno, que era algo místico y no sin razón presumía de teólogo, tuvo una canongía en Sevilla.

Meses después de estar instalado en su canongía, escribió a una señora íntima suya, que vivía en Madrid.

En la carta encarecía y ponderaba, como es justo, el esplendor y la hermosura de la gran ciudad del Betis, contaba lo bien que le iba en su nuevo empleo y residencia y afirmaba que no dejaba nunca de asistir a coro, rezando, cantando y alabando a Dios en compañía de los otros canónigos.

Luego añadía como cosa que le había chocado en extremo y que era digna de memoria: -Aquí todo se reza en latín menos el *Gloria Patri*.

Doña Bishodie

Al ir a confesarse una beata se jactó mucho con el Padre de que sabía rezar en latín y le rogó que le hiciese rezar algo en dicha lengua.

-Pues diga usted el Padre Nuestro: -le dijo el Padre.

La beata empezó a rezar, trabucándolo todo e inventando un latín verdaderamente fantástico e inaudito.

El Padre la oyó con paciencia hasta que la beata llegó a decir: -Don Cotidiano, Doña Bishodie. Interrumpió entonces la oración y dijo al Padre: -Todo lo comprendo, pero no caigo en quién pueda ser esta Doña Bishodie.

-Sí, hija mía, contestó el Padre: es muy sencillo; la mujer de D. Cotidiano.

El animal prodigioso

Desde una pequeña aldea de Aragón vino a Madrid un hombre muy observador, aunque rústico, y que por primera vez viajaba.

Cuando volvió a su tierra, le rogaban todos que les contara lo que de más notable había visto.

Contaba él infinitas cosas, muy menudamente y con gran exactitud y despejo; pero lo que más había llamado su atención y lo que más le había sorprendido era un animal, que describía de esta suerte:

-Imaginen ustedes un cochino enorme, doble mayor que un toro, con un rabo muy grueso y con un gancho en la punta del rabo. Con aquel gancho coge nueces, manzanas, naranjas, racimos de uvas, pedazos de pan y otros comestibles, y luego a escape, se lo mete todo en el trasero.

Nadie en el lugar quiso creer en tan extraño fenómeno, pero el viajero juraba y perjuraba que le había visto, y aun se enojaba de que no le diesen crédito sus paisanos.

Resultó de esto una acalorada disputa.

Un anciano muy prudente imaginó, para que resolviese la disputa y los pusiese en paz a todos, ir a consultar al cura párroco, que era letrado y tenía fama de entendido.

Llegados a la presencia del cura, el viajero hizo nuevamente la descripción del animal prodigioso.

El auditorio, apenas acabó, se puso a gritar:

-¡Es grilla! ¡Es grilla! -Y el cura dijo entonces: -Qué ha de ser grilla: es un elefante.

La karaba

Había en la feria de Mairena un cobertizo formado con esteras viejas de esparto; la puerta tapada con no muy limpia cortina, y sobre la puerta un rótulo que decía con letras muy gordas:

LA KARABA SE VE POR CUATRO CUARTOS

Atraídos por la curiosidad, y pensando que iban a ver un animal rarísimo, traído del centro del África o de regiones o climas más remotos, hombres, mujeres y niños acudían a la tienda, pagaban la entrada a un gitano y entraban a ver la Karaba.
-¿Qué diantre de Karaba es esta? -dijo enojado un campesino. -Esta es una mula muy estropeada y muy vieja.
-Pues por eso es la Karaba, -dijo el gitano: -porque araba y ya no ara.

Las castañas

El día de difuntos salió muy de mañana a misa una linda beata, que la noche anterior, según es costumbre en la noche de Todos los Santos, se había regalado, comiendo puches con miel y muchas castañas cocidas.
Como era muy temprano y apenas clareaba el día, la calle por donde iba la beata estaba muy sola. Así es que ella, sin reprimirse, con el más libre desahogo y hasta con cierta delectación, lanzaba suspiros traidores y retumbantes, y cada vez que lanzaba uno, decía sonriendo:
-¡Toma castañas! Proseguía caminando, soltaba otros suspiros y exclamaba siempre: -¡Las castañas! ¡Las castañas!
Un caballero, muy prendado de la beata, solía seguirla, hacerse el encontradizo, oír misa donde y cuando ella la oía, y hasta darle agua bendita al entrar en la iglesia, para tener el gusto de tocar sus dedos.
Iba aquel día el caballero tan silencioso y con pasos tan tácitos detrás de la beata, que ella no le vio ni sospechó que viniese detrás, hasta que volvió la cara, poco antes de entrar en el templo.
-¿Hace mucho tiempo que viene usted detrás de mí? -dijo muy sonrojada la linda beata. Y contestó el caballero: -Señora, desde la primera castaña.

La col y la caldera

Un muchacho gallego, que estaba en Sevilla sirviendo en una tienda de comestibles, era íntimo amigo de un gitano calderero, a quien siempre que con él salía a pasear ponderaba la fertilidad de Galicia. Sus frondosos bosques; sus verdes praderas, cubiertas de abundante pasto, donde se crían y ceban hermosos becerros y lucias vacas que dan mantecosa leche; y la rica copia de flores, frutas y hortalizas que hay allí por donde quiera, valían mucho más, según el gallego, que los áridos cortijos, que las estériles llanuras sin árbol que les preste sombra y sin chispa de hierba, y que los sombríos olivares y viñedos de Andalucía.

Entusiasmado cierto día el galleguito, comparando la ruindad y pequeñez de las plantas andaluzas con la lozanía y tamaño colosal de las de su tierra, llegó a hablar de una col que había crecido en un huertecillo cultivado por su padre. La col acabó por tener tales dimensiones que, en el rigor del estío venía una manada de carneros a sestear a su sombra y a guarecerse de los ardientes rayos del sol.

Mucho celebró y admiró el gitano la magnificencia de la col gallega y no pudo menos de confesar que el suelo andaluz era harto menos fértil y generoso en lo tocante a coles.

-Por eso, decía el gitano, si los andaluces siguiesen mi consejo, descuidarían la agricultura y se dedicarían a la industria, que empieza ya a estar muy en auge. Por ejemplo, en Málaga, donde hace poco tiempo que estuve yo para cierto negocio, vi, en la ferrería del Sr. Leria, una caldera que estaban fabricando, y que es verdaderamente un asombro. ¡Jesús! Yo no he visto nada mayor. Figúrese usté que en un lado de la caldera había unos hombres dando martillazos y los que estaban en el lado opuesto no oían nada.

-¿Pero hombre, dijo el gallego, para qué iba a servir esa caldera tan enorme?

-Para qué había de servir, contestó el gitano: para cocer la col que su padre de usté ha criado en el huerto.

El consonante

Obsequiaba y pretendía cierto elegante e inspirado poeta a una viuda guapa, alegre y discretísima.

A menudo iba a visitarla. Se entusiasmaba mucho, le echaba mil piropos, le declaraba su atrevido pensamiento y le rogaba no fuese con él dura de corazón.

La viuda se sentía halagada, pero como no amaba al poeta y no quería ceder, aunque tampoco quería despedirle, le traía entretenido y embelesado, valiéndose para ello de mil retrecheras habilidades.

Un día, el poeta, estando a solas con la viuda, se entusiasmó de tal suerte y habló con tan vehemente y fervorosa elocuencia, que lo más sonoro y florido de lo que tenía en las entrañas se le extravió y se le escapó traidoramente por otras vías y conductos, retumbando como un trueno.

Es indescriptible el sonrojo que tamaño percance causó al vate enamorado. Trató, sin embargo, de disimular y de hacer creer que el ruido era de otro género y había sido causado por la silla en que se sentaba.

Entonces movió la silla de mil suertes y la arrastró contra el suelo, procurando en balde producir un ruido algo semejante al que tanto le avergonzaba.

Viéndole la viuda en aquella inquietud y en aquella brega, tuvo compasión de él y le dijo con amable sonrisa:

-No se canse usted, mi querido poeta: es imposible: no encontrará usted el consonante.

El canto gangoso

La madre abadesa no consideraba que el canto era bastante devoto y sentido cuando no era muy gangoso también, especialmente al terminar cada frase.

Las novicias y las monjas jóvenes se obstinaban, sin embargo, en querer lucir la voz y en no ganguear.

Cierto día que estaban en el coro, cantaron sonoramente y sin que el aire pasase por las narices:

... -¡*Per omnia saecula saeculorum!* Y notando la abadesa que no la obedecían, dijo gangueando y algo enojada: ¡Niñas, un poco de narices en el*culorum!*

Un refrán mal aplicado

El Capitán general de Granada era viudo, ya muy viejo y lleno de achaques y dolencias de que solía lamentarse recordando sus mocedades verdes y lozanas.

Por lo demás era difícil hallar más cumplido caballero, más aficionado al trato de gentes y más ansioso de complacer a todo el mundo y de ganar amigos.

Todas las noches había tertulia en su casa e iban a ellas los oficiales de la guarnición, los señoritos mejor educados de la ciudad y no pocos estudiantes forasteros de buena familia.

La noche se pasaba agradablemente en animada conversación y jugando al tresillo, para lo cual había tres o cuatro mesas.

A veces se convertía la tertulia en concierto o en baile. Una señora anciana de título hacía los honores; acudían muchas señoras y señoritas y se cantaba o se bailaba.

Como el Capitán general era muy estimado en la corte, S. M., sin que él lo pretendiese, quiso premiar sus altos merecimientos y servicios y le concedió el Collar de Carlos III.

Nadie en Granada dejó de alegrarse con este motivo, por lo muy simpático que era el Capitán general.

La noche que se supo que había sido condecorado acudieron a su tertulia, ansiosas de darle la enhorabuena, más personas que de costumbre.

Siguiendo el Capitán general la que hemos dicho que tenía, de lamentarse de su ancianidad y de sus males, dijo en medio de un corro que le estaba felicitando:

-Profunda es mi gratitud al gobierno de Su Majestad por la prueba que acabo de recibir de su benevolencia para conmigo; pero ¿de qué me sirven tantos honores y distinciones cuando estoy ya con un pie en el sepulcro?

Un candoroso mayorazguito, que amaba en extremo y admiraba al Capitán general y que tenía siempre empeño de apoyar cuanto decía, corroborando sus dichos, sentencias y razones con otras que a él le parecían venir muy a cuento, exclamó entonces, tomando con efusión entre sus manos la noble diestra del ilustre guerrero:

-Sí, mi querido General, *al asno muerto, la cebada al rabo.*

Charadas

En la misma tertulia del ya citado Capitán general, se entretenían una noche las señoritas y caballeros jóvenes en ponerse charadas.

Estaba allí un estudiante de leyes, que iba ya a graduarse de Licenciado, y que era guapo y listo, si bien poco dichoso en amores.

Entre las señoritas presentes, así por lo graciosa como por lo coqueta, sobresalía D.a Manolita. Nuestro estudiante la había requerido de amores, y ella, durante algún tiempo, le había querido o había fingido quererle. Después le había dejado por otro. De aquí que el estudiante estuviese con ella, y no sin razón, algo fosco y rostrituerto.

Le llegó su turno de poner una charada y le excitaron para que la pusiese. El estudiante, encarándose con D.a Manolita, la puso en estos términos.

-Mi primera y mi segunda, lo que es usted; mi tercera, lo que usted me dice; el todo, lo que yo siento.

En vano se calentaban la cabeza todos los del corro. No pudieron adivinar la charada y se dieron por vencidos. El estudiante entonces explicó la charada de esta manera:

-Mi primera y mi segunda; lo que es usted, *infier:* mi tercera, lo que usted me dice; *no:* y el todo, lo que yo siento; *infierno.*

La charada fue muy aplaudida por los circunstantes; pero D.a Manolita tuvo alguna turbación y se sonrojó. Procuró, sin embargo, mostrarse fría, tranquila e indiferente, y para ello puso también su charada, que fue como sigue:

-Mi primera y mi segunda, una ninfa; mi tercera, un signo de música; mi cuarta, otro signo de música; y el todo, una cosa que he hecho muy bien en el día de hoy.

El auditorio no fue más feliz con esta charada que con la del estudiante quejoso. Doña Manolita tuvo también que explicarla y dijo:

-Mi primera y mi segunda, una ninfa; *Eco*: mi tercera y mi cuarta, dos signos de música;*mi, do*: y el todo, lo que he hecho muy bien hoy; *he comido*.

Y D.a Manolita recalcó el *he comido* para que todos, incluso el estudiante, comprendieran que no había perdido el apetito y que no le importaban nada los celos y las quejas de aquel pretendiente abandonado y burlado.

Bagajes

Llegó el batallón a un lugarejo y el sargento Pulido se fue en derechura a casa del Alcalde a pedirle bagajes y raciones para el día siguiente.

El Alcalde dijo:

-Póngalo usted por lista a fin de que no se me olvide.

El sargento escribió entonces en un papelito la cantidad de raciones que necesitaba, y en punto a bagajes, añadió luego: *un mulo, mi capitán: otro mulo, mi teniente: tres cadetes, tres borricos: total, cinco bestias.*

Interpretación de un texto latino

En la huerta de un convento de monjas y colegio de educandas, había unos cuantos perales que estaban cargados de exquisita fruta.

Siempre que podían las novicias, cuando el viejo hortelano se descuidaba y no las vigilaba, iban a los perales y se comían las peras.

Enojada la madre abadesa, las reprendió calificando de hurto, y, por consiguiente, de acción muy fea lo que habían hecho.

La más desenfadada y picotera de las novicias se atrevió a responder entonces: -Pues no será tan malo eso de quitar peras, cuando en la iglesia cantamos casi de diario:

qui temperas... -Es cierto, replicó la madre abadesa, pero también añade el sagrado texto *rerum vices,*

raras veces.

Milagro de la dialéctica

De vuelta a su lugar cierto joven estudiante muy atiborrado de doctrina y con el entendimiento más aguzado que punta de lezna, quiso lucirse mientras almorzaba con su padre y su madre. De un par de huevos pasados por agua que había en un plato escondió uno con ligereza. Luego preguntó a su padre:

-¿Cuántos huevos hay en el plato?

El padre contestó:

-Uno.

El estudiante puso en el plato el otro que tenía en la mano diciendo:

-¿Y ahora cuántos hay?

El padre volvió a contestar:

-Dos.

-Pues entonces -replicó el estudiante,- dos que hay ahora y uno que había antes suman tres. Luego son tres los huevos que hay en el plato.

El padre se maravilló mucho del saber de su hijo, se quedó atortolado y no atinó a desenredarse del sofisma. El sentido de la vista le persuadía de que allí no había más que dos huevos; pero la dialéctica especulativa y profunda le inclinaba a afirmar que había tres.

La madre decidió al fin la cuestión prácticamente. Puso un huevo en el plato de su marido para que se le comiera; tomó otro huevo para ella, y dijo a su sabio vástago:

-El tercero cómetele tú.

Extraña manutención militar

Durante la primera guerra civil entre isabelinos y carlistas, militaba en favor de los isabelinos una legión portuguesa, al mando de un general valeroso y grave.

Ocurrió que los vecinos de un lugar acudieron al general español, quejándose de que los soldados que estaban a sus órdenes les habían robado y se habían comido muchas docenas de gallinas. Los soldados españoles, a fin de disculparse de aquella falta que su general les echaba en cara, afirmaron que los portugueses eran quienes la habían cometido.

Habló de esto el general español al general portugués, el cual defendió con mucho calor a sus subordinados y echó la culpa a los españoles del latrocinio y de la glotonería.

El general español persistió, no obstante, en defender a los suyos y en culpar a los portugueses, resultando de aquí una discusión harto vehemente. Por último, el general portugués lleno de indignación, y furia, afirmó hasta la imposibilidad de que sus terribles soldados, tan virtuosos como sobrios y sufridos, robasen gallinas y mucho menos se las comieran:

-!Os portuguezes- exclamó para terminar- *nao comen gallinas: os portuguezes comen serpentes, trementina... e merda!*

Los emigrantes

El barco de vapor había tocado en varios puertos de España citando abandonó definitivamente la península dirigiéndose a Buenos Aires. El patrón, ya en alta mar, hizo que se presentasen sobre cubierta los numerosos emigrantes de diversas provincias, contratados y enganchados por él para que fuesen a fundar una colonia en la República Argentina.

Al pasar aquella revista, era su intento confirmar los datos que ya tenía y formar uno a modo de empadronamiento, inscribiendo en él los nombres y apellidos de los colonos que llevaba y los oficios y menesteres a los que cada cual pensaba y podía dedicarse. Fue, pues, preguntando sucesivamente a todos. Uno decía que iba de carpintero; otro, de herrador; de zapatero, otro; de albañiles, seis o siete; tres o cuatro, de sastre, y muchísimos, de jornaleros para las faenas del campo.

Apoyado contra el quicio de la puerta de la cámara de popa estaba un mozo andaluz, alto, fornido, de grandes y negros ojos, de espesas patillas, negras también, y de muy gallarda presencia. Iba vestido con primor y aseo, con el traje popular de su tierra; pero su porte era tan majestuoso y era tan reposado y digno su aspecto, que, más que trabajador emigrante, parecía príncipe disfrazado.

Con gran curiosidad de saber a qué oficio se dedicaría aquel Gerineldos, el patrón se acercó a él y empezó el interrogatorio:

-¿Cómo se llama usted, amigo?- le preguntó. Y contestó el mozo andaluz: -Para servir a Dios y a usted, yo me llamo Narciso Delicado, alias Pocapena. -Y ¿de qué va usted a Buenos Aires? -Pues toma... ¿de qué he de ir? De poblador.

El patrón le miró sonriendo con benevolencia y no pudo menos de reconocer en su traza que el hombre había de ser muy a propósito para tan buen oficio.

La confesión reiterada

Estaba un día el Padre Jacinto en el confesonario. Había oído ya los pecados de once o doce penitentes, les había dado la absolución, se encontraba fatigadísimo e iba a levantarse, cuando acudió a la rejilla una mujer muy guapa, pulcra y elegantemente vestida y al parecer de poco más de treinta años.

Desde luego el Padre la halló simpática, y, movido su corazón por la simpatía, no quiso negarse a escucharla.

La dama, hasta entonces no conocida del Padre, le dijo que permanecía soltera y que vivía con su anciana madre viuda, a quien amaba en extremo y se esmeraba en cuidar.

Eran madre e hija señoras principales pero pobres, y vivían con recogimiento y en cierta estrechez decorosa.

Todos los pecadillos que la dama confesó al Padre eran tan leves y veniales, y le fueron confesados por ellas con tal candor y con gracia tan inocente, que el Padre, en el fondo de su alma, hubo de calificarla no sólo de graciosa y discreta, sino de casi santa. Creyó, pues, inútil el trabajo que ella se había tomado en decir su confesión y el que se tomaba él en oírla.

Aprobó, no obstante, y celebró aquel trabajo, hallándole grato y ameno.

Eran tan pequeñitas las faltas de la dama, que el Padre, a pesar de su severidad, apenas creía que debía imponerle más penitencia que la de rezar un Padre-nuestro.

Se disponía ya a imponérsela y a echarle la bendición, cuando la dama, después de larga pausa y silencio, muy ruborizada y como quien vacila, dijo con voz dulce y temblorosa:

-Padre, me avergüenzo de pensar que estoy engañando a usted. Usted me creerá buena y virtuosa, pero es porque no le he dicho un pecado muy grave y mortal que pesa sobre mi conciencia y que la abruma. Menester será que yo se lo diga, aunque me apesadumbre y me cause extraordinario sonrojo.

-Sí, hija mía, al confesor no se le debe ocultar nada: habla con franqueza.

-Pues ya que es menester ser franca, ha de saber usted que, hará ya doce o trece años, cuando yo aun no había cumplido los dieciocho, estuve prendada de un primo mío, teniente de infantería. Él también me amaba de corazón, pero ni él poseía más bienes que su carrera ni yo contaba con más riqueza que la paga de huérfana que había de perder casándome. Aunque muy de veras lo deseábamos, conociendo él y yo que el casamiento no podía ser, nos habíamos resignado sin perder la esperanza de que viniesen para nosotros mejores días y de que nos fuese más propicia la fortuna. En busca de ella y en cumplimiento de su deber, mi primo tuvo que irse a Cuba, donde la guerra civil ardía

entonces. La víspera de su partida, que debía ser por la mañana temprano, mi primo estuvo en casa a despedirse de mi madre y de mí.

Estábamos entonces en Cádiz.

Como mi madre había notado nuestra mutua inclinación y la desaprobaba porque no podía terminar bien, y porque soñaba para mí con mejor partido, nuestra despedida no pudo ser en su presencia todo lo expresiva y cariñosa que mi primo y yo deseábamos. Y aquí empiezan mis deslices y mi culpa: yo consentí, cediendo a los ruegos de él, en volver a verle aquella misma noche cuando mi madre estuviese dormida, y en hablarle, saliendo a un balcón del entresuelito en que vivíamos.

Abrí en efecto el balcón a altas horas de la noche y cuando mi madre dormía profundamente. Mi primo estaba en la calle aguardando mi salida. La pálida luz de la luna iluminaba su hermosa cara. En la calle, poco concurrida de ordinario, no parecía nadie a aquellas horas. Considerando muy incómodo hablarnos desde lejos, él, que era ágil, apoyándose en una reja del cuarto bajo, se encaramó hasta el balcón, por más que yo le repugnaba y mostraba disgusto y miedo. Ya puesto él en la parte exterior del balcón, temimos que alguien pasase y le viese. Hubiera sido un escándalo. A fin de evitarle, mi primo, con la misma agilidad había desplegado para subir, saltó irreflexivamente por cima de la baranda y penetró en el cuarto, que era el mismo en que yo dormía. El terror que me inspiraba el paso que acabábamos de dar y la honda pena que él y yo sentíamos al pensar que íbamos a separarnos para siempre, nos movió, sin la menor malicia y premeditación de mi parte, a abrazarnos y acariciarnos con suave abandono. Y como yo vertía muchas lágrimas, él las secaba con sus labios sobre mis mejillas. Luego, no sé como, natural y sencillamente, se encontraron y se unieron nuestras bocas. Y por último, Padre, ¡qué vergüenza! aquello fue un delirio, un frenesí de amor, un deleite que me pareció como del cielo; una estrechísima unión de nuestros dos seres y una íntima fusión de nuestras dos almas, que duró hasta rayar la aurora. Mi primo tuvo entonces que irse. Nos hicimos mil juramentos de fidelidad. Yo, en el momento de partir él, aun le retenía y le apretaba entre mis brazos y me le comía a besos. Pero la separación fue inevitable. Mi primo salió para la Habana dos horas después de haber cometido juntos él y yo tan horrible, dulce y largo pecado. Espantosa fue mi desventura. Sin duda fue castigo del cielo. Mi desdichado primo, a los pocos días de llegar a la Habana, murió de la fiebre amarilla. No acierto a ponderar el inmenso dolor que se apoderó de mi alma. Mi único consuelo, lo confieso, era recordar que yo había sido suya; retraer al pensamiento embelesado todo el encanto, toda la enajenación, todo el éxtasis celestial que embargó mis potencias y mis sentidos cuando me entregué a él por entero, sin que quedase prenda mía que yo no le diese.

Suspiró la penitente, se humedecieron con lágrimas sus hermosos ojos y quedó en silencio.

El Padre Jacinto le rompió diciendo:

Grave y mortal fue tu pecado, hija mía. Pero lo peor y más grave es que le hayas tenido oculto durante trece años sin confesarle hasta ahora.

Pero Padre, dijo la dama, si yo acudo lo menos veinte veces al año al tribunal de la penitencia y jamás he dejado de confesar en él este pecado mío.

El Padre echó sus cuentas y dijo:

-Hace trece años; veinte por trece doscientos sesenta; pues hija, lo has confesado y te han absuelto y te han absuelto doscientas sesenta veces.

Pues yo creo, Padre, replicó ella, que si me dura la vida, pasarán las veces de dos mil, porque el recuerdo de mi pecado me enamora y el referirle me encanta, y este enamoramiento y este encanto constituyen, sin duda, un pecado nuevo.

-Sí, hija mía, le constituyen. Yo te absolveré ahora. Procura tú olvidar tu pecado y no le cuentes más.

-¡Ay Padre, no puedo!

-Entonces, ¿qué le hemos de hacer? Ven cuando gustes a contármele. Yo le oiré (procurando, añadió el Padre entre dientes, que a pesar de mis sesenta años no despierte en mí la envidia) y siempre te absolveré, porque Dios es misericordioso.

El Padre Postas

El Padre Postas fue un capuchino famoso por sus predicaciones.
Las anécdotas y graciosos dichos que de él se refieren, son innumerables.
Le apellidaban el Padre Postas porque, cuando se entusiasmaba en sus sermones y quería ponderar la violencia y rapidez con que los demonios se llevan al infierno a los pecadores empedernidos, decía, ya que entonces no había aún ferrocarriles, que se los llevan en postas, y para explicarlo mejor, montaba a caballo en la delantera del púlpito, agitaba el cordón que ceñía sus hábitos como si fuese un látigo y le crujía y daba golpes diciendo: «arre, arre.»
Se cuenta que una vez, hablando contra los juegos de azar y envite, a los que en secreto era harto aficionado, se entusiasmó y manoteó con tanta furia, que se le escapó una baraja que llevaba escondida en la manga, y desparramados los naipes salieron volando y cayeron al suelo. Pero el Padre, no sólo salió del apuro, sino que se valió de aquel accidente para que fuese su plática más conmovedora, porque dijo con gran presencia de espíritu:
—Ahí los tenéis; ellos son uno de los instrumentos más ingeniosos de que se vale Satanás para cautivar las almas, ellos son la perdición de las familias, etc.
Predicando otro día en favor del ayuno y censurando a las damas remilgadas y melindrosas que no ayunan porque padecen del estómago y se ponen flacas, aseguró que él ayunaba de diario y que por la gracia de Dios estaba fuerte como un roble. Se remangó entonces la manga, enseñó desnudo el poderoso brazo derecho, digno del propio Hércules, y mostrándosele al auditorio, exclamó:
¿Qué os parece? Ya veis que no estoy delgado.
Mil cosas más pudiera yo contar del Padre Postas, pero no quiero cansar ni escandalizar a los lectores, los cuales suelen tener la perversa costumbre y peor inclinación de suponer picardía o malicia hasta en las cosas más sencillas e inocentes. Me limitaré, pues, a citar aquí ciertas frases del Padre Postas, que son entre todas las suyas las que más impresión me han hecho.
Predicaba en la iglesia de Santa María de Gracia y decía en el exordio:
—Pedir gracia en casa de María de Gracia es albarda sobre albarda. De ella necesito. Ave María.
Claro está que el de ella se refiere a la gracia y no a la albarda, y quien entienda lo contrario pecará de malicioso.

La virgen y el niño Jesús

Paquita no era fea ni tonta. Pasaba en el lugar por muy despejada y graciosa; pero, como era pobre, no hallaba hidalgo que con ella quisiera casarse, y como se jactaba de bien nacida no se allanaba a tomar por marido a ningún pelafustán o destripaterrones. Paquita, en suma, llegó a los treinta años todavía soltera.

Para un hombre, o para una mujer casada, la mejor edad es la de treinta años. Puede considerarse como el punto culminante de la vida. En nuestro sentir, sólo a la joven que llega a dicha edad sin hallar marido cuadra bien la sentencia del poeta:

¡Malditos treinta años, funesta edad de amargos desengaños!

En el fondo de su alma, Paquita deploraba mucho haberlos cumplido y no estar casada; pero, como era buena cristiana y piadosísima, buscaba y hallaba consuelo en la religión; decía: «a falta de pan, buenas son tortas» y trataba de suplir con el amor divino la carencia del amor humano.

Con todo, no lograba conformarse con dicha carencia, a pesar de los grandes esfuerzos místicos que de continuo hacía.

Impulsada por sus opuestos sentimientos, iba de diario a una hermosa capilla de la iglesia mayor, donde, en elegante camarín, habla una muy devota imagen de la Virgen del Rosario con un niño Jesús muy bonito en los brazos.

Paquita, llena de fervorosa devoción, se encomendaba a la Virgen y le rezaba muchas salves y avemarías, rogándole que le diese conformidad para el celibato y que hiciese de ella una santa. A veces, no obstante, renacía en su corazón el deseo de matrimonio. Se entusiasmaba, hablaba en voz alta y pedía marido a aquella divina Señora.

El monaguillo, que era travieso y avispado, hubo de oír las jaculatorias de Paquita y determinó hacerle una burla.

Subió al camarín cuando ella estaba en la capilla y se escondió detrás de la imagen. Paquita tuvo aquel día uno de los momentos de exaltación de que hemos hablado, y con emoción vivísima rogó a la Virgen que no la dejase soltera y sola en el mundo.

El monaguillo, atiplando mucho la voz, dijo entonces: ¡Te quedarás soltera! ¡te quedarás soltera! Creyó Paquita que era el niño Jesús quien le contestaba y exclamó con enojo: ¡Ea, cállate, niño, que estoy hablando con tu madre!

De los escarmentados nacen los avisados

Era D. Calixto un caballerete cordobés, gracioso, bien plantado y con algunos bienes de fortuna.

Muchas mocitas solteras de Sevilla, donde él estaba estudiando, se afanaban por ganar su voluntad y conquistarle para marido; pero la empresa era harto difícil.

Don Calixto, y no sin fundamento, pasaba por un desaforado mariposón, seductor y picaruelo. Iba revoloteando siempre de muchacha en muchacha, como las abejas y las mariposas revolotean de flor en flor, liban la miel y sólo por breves instantes se posan en algunas.

La linda señorita D.a Eufemia tuvo más maña y arte que otras y logró hacer en el corazón de nuestro héroe la herida amorosa más profunda que hasta entonces había traspasado sus entretelas llegando a lo más vivo.

Eacute;l, sin embargo, como travieso que era, si bien ponderaba a la niña su mucho amor y le pedía y aun le suplicaba que de aquel mal le curase, siempre hablaba de la cura, pero no del cura.

Acudía a hablar por la reja con la señorita doña Eufemia; le aseguraba que tenía por culpa de ella, en su lastimado pecho, no uno sino media docena de volcanes en erupción; le rogaba que apagase sus incendios y que mitigase sus estragos, y lo que es de casamiento no decía ni daba jamás palabra.

Así se pasaban meses y meses; los novios pelaban la pava todas las noches sin faltar una; pero el asunto permanecía siempre sin adelantar, ni por el lado de la buena fin, ni tampoco por el lado de la mala.

Cuando él excitaba a su novia para que no se hiciese de pencas y fuese generosa y se ablandase y cediese, ella, o se enojaba porque él le faltaba al respeto y mostraba que no tenía por ella estimación, o bien derramaba amargas lágrimas y exhalaba suspiros y quejas considerándose ofendida.

Con mil variantes, porque tenía fácil palabra y sabía decir una misma cosa de mil modos diversos, la niña solía contestar sobre poco más o menos lo que sigue:

-¡Huy, huy, Sr. D. Calixto! ¿Qué es lo que usted me propone? En el silencio de la noche, en la más profunda soledad, nunca estamos solos: Dios nos mira; Dios está presente y no podemos ni debemos ofender a Dios. Mi honra, además, está pura e inmaculada; está por cima de todo; hasta por cima del inmenso amor que usted ha logrado inspirarme. Y vamos... ¿qué diría usted de mí si yo en lo más mínimo faltase a mi deber, echase a rodar mi decoro y me olvidase de la honestidad y del recato con que me ha criado mi cristiana y severa madre? ¡Jesús, María y José! La cara se me caería de vergüenza si yo fuese liviana. Con sobrada razón me despreciaría usted entonces. Haría usted muy bien en abandonarme y en huir de mí como de una criatura depravada y viciosa.

En fin, D.a Eufemia, con estas y otras frases se defendía todas las noches muy lindamente, aunque, para no descontentar al novio y retenerle cautivo, te otorgaba de vez en cuando y en sazón oportuna, tal cual favorcito, delicado, puro y semiplatónico, como, por ejemplo, abandonarle una de sus blancas y suaves manos, para que él la besase, la acariciase y la tuviese apretada entre las suyas, llegando, en algunos momentos de muy fervorosa pasión, a acercar ella, por entre los hierros de la reja, la virginal y tersa frente, a fin de que él, sin detenerse mucho y al vuelo, pusiese en ella los labios, imprimiendo un ósculo casi místico, con veneración devota, como quien besa una reliquia.

En suma, D.a Eufemia lo manejó todo tan bien, que D. Calixto, cada día más deseoso y emberrenchinado, acabó por hablar del cura y por proponer el casamiento.

Ella, que no deseaba otra cosa, se mostró llena de gratitud y de amor.

A pesar de todo y a pesar de la grande impaciencia que D. Calixto manifestaba, D.a Eufemia redobló su austeridad y nunca quiso consentir en favores de más cuenta que los aquí mencionados hasta que al novio y a ella les echase el cura las bendiciones.

Llegó al cabo el suspirado día. El cura se las echó. Don Calixto y D.a Eufemia fueron marido y mujer.

Aquella noche, muy tarde, casi ya de madrugada, D. Calixto dijo enternecidísimo a su adorada esposa:

-Bien hiciste, dueño mío, en no ceder a mis ruegos. Yo te adoro, pero, si hubieras cedido, hubiera dejado de adorarte, te hubiera despreciado y te hubiera plantado.

Ella, al oír esto, hizo a su marido mil amorosas y conyugales caricias, murmurando palabras ininteligibles y como quien reza. Tal vez daba gracias al cielo por el triunfo que habían obtenido su honestidad y su recato.

Hay, sin embargo, quien asegura que lo que ella dijo entre dientes y él no pudo entender fue:

Grandísimo tonto, pues por eso no cedí yo antes, porque ya había cedido a siete y los siete me habían plantado.

A quién debe darse crédito

Llamaron a la puerta. El mismo tío Pedro salió a abrir y se encontró cara a cara con su compadre Vicentico.

Buenos días, compadre. ¿Qué buen viento le trae a usted por aquí? ¿Qué se le ofrece a usted?

-Pues nada... confío en su amistad de usted... y espero... -Desembuche usted, compadre.

-La verdad, yo he podado los olivos, tengo en mi olivar lo menos cinco cargas de leña que quiero traerme a casa y vengo a que me empreste usted su burro.

-¡Cuánto lo siento, compadre! Parece que el demonio lo hace. ¡Qué maldita casualidad! Esta mañana se fue mi chico a Córdoba, caballero en el burro. Si no fuera por esto podría usted contar con el burro como si fuese suyo propio. Pero, qué diablos, el burro estará ya lo menos a cuatro leguas de aquí.

El pícaro del burro, que estaba en la caballeriza, se puso entonces a rebuznar con grandes bríos.

El que le pedía prestado dijo con enojo:

-No creía yo, tío Pedro, que usted fuese tan cicatero que para no hacerme este pequeño servicio, se valiese de un engaño. El burro está en casa.

-Oiga usted, replicó el tío Pedro. Quien aquí debe enojarse soy yo. -¿Y por qué el enojo? -Porque usted me quita el crédito y se lo da al burro.

Bondad de la plegaria

El boticario del lugar era un filósofo racionalista y descreído. Apenas había acto piadoso que él no condenase como superstición o ridícula impertinencia. Contra lo que más declamaba, era contra el rezo en que se pide a Dios o a los santos que hagan alguna cosa para cumplir nuestro deseo. La censura del boticario subía de punto cuando trataba de plegarias que iban acompañadas de promesas.

Según es costumbre en los lugares, en la trastienda de nuestro boticario filósofo había tertulia diaria. Allí se jugaba al tresillo, a la malilla y al tute, se leían los periódicos y se hablaba de religión, de política y de cuanto hay que hablar.

El señor cura asistía también en aquella tertulia, pero esto no refrenaba el prurito de impiedad del boticario, sino que le excitaba más en sus disertaciones, a fin de que el señor cura se lanzase a la palestra y disputase con él.

El señor cura distaba no poco de ser muy profundo en teología, y cuando no se preparaba escribiendo de antemano lo que había de decir, como escribía los sermones, era mucho menos elocuente que el boticario, pero le aventajaba en dos excelentes cualidades: tenía fe vivísima y gran dosis de sentido común para resolver cuanto la fe no resuelve.

-Dios -decía el cura-, no infringe ni trastorna las leyes de la naturaleza, cediendo a nuestras súplicas y para satisfacer nuestros antojos. Para Dios no hay milagros improvisados. Desde la eternidad los previó todos y los ordenó por infalible decreto. Y en este sentido, tan conforme con la ley divina y tan de acuerdo está con el orden prescrito desde *ab eterno* que salga mañana el sol como que no salga. Y en cuanto a las súplicas que los hombres dirigimos a Dios, siempre deben agradarle como no sean contrarias a la moral, ya que dan testimonio de la fe que en Él tenemos y de la esperanza y del amor que nos inspira.

El boticario solía replicar al cura que era necedad pedir a Dios esto o aquello, y que todo era lo mismo. En apoyo de su opinión refirió un día la siguiente historia:

Un caballero anciano tenía dos hijos. Había el uno comprado muchísimo trigo y contaba con ganar grandes riquezas vendiéndole más caro porque

fuese mala la futura cosecha. Para que esto se lograse recomendaba a su padre que en sus oraciones pidiese a Dios que no lloviera. El otro hijo era labrador, había sembrado muchísima tierra de pan llevar y deseaba y esperaba hacerse poderoso si aquel año había abundante cosecha. Recomendaba, pues, a su padre que en sus oraciones pidiese a Dios buenas y oportunas lluvias. Como el padre amaba por igual a sus hijos no sabía qué desear ni qué pedir. En tal estado de ánimo elevaba al cielo la única plegaria que me parece razonable, y que yo aplaudo. El padre decía:
¡Oh, soberano Dios omnipotente! Llueva o no llueva me es indiferente.
El señor cura replicó entonces:
-El cuento de usted viene en mi apoyo: demuestra que una plegaria por el estilo, que equivale a no hacer ninguna plegaria, nace del egoísmo más grosero; porque si el padre, que amaba por igual a sus hijos, hubiese amado también al prójimo como debía, no hubiera juzgado indiferente que lloviera o que no lloviera, y en sus oraciones hubiera pedido a Dios buenas y oportunas lluvias.

Por no perder el respeto

La señora Nicolasa, viuda del herrador, recibió una carta en que le participaban la imprevista y repentina muerte de su tío, el más rico tabernero de Córdoba. Convenía ir allí sin tardanza a recoger la herencia, antes que los entrantes y salientes de la casa lo hiciesen todo trizas y capirotes.
Resuelta y activa, la viuda se puso el mantón y sin perder tiempo se fue a ver al tío Blas, el cosario, para que la llevase a la antigua capital de los califas.
-Oiga usté, señá Nicolasa, yo estoy mal de salud, he tenido ciciones y aún no me he repuesto. Hasta dentro de siete u ocho días no pienso salir para Córdoba.
-Mucho me contraría lo que usted me dice -respondió la viuda. -¿Cómo me las compondré? Yo necesito ir a Córdoba inmediatamente.
-Ya usted sabe -replicó el tío Blas- que yo quiero complacerla siempre. Hay un medio de que mañana mismo, antes de rayar el alba, se ponga usted en camino. Puedo dar a usted dos mulos muy mansos y que andan mucho y una persona de toda mi confianza para que la acompañe.
-¿Y quién es esa persona?
-Pues mi nieto Blasillo.
-¡Jesús, María y José! ¿Qué no dirían las malas lenguas del lugar si yo me fuese sola por esos andurriales con un mozuelo de veinte años a lo más, y que, si mal no he reparado, es guapote y atrevido?
-Deje usté que digan lo que quieran, señá Nicolasa. ¿Quién está libre de malas lenguas y de testigos falsos? Hasta de Dios dijeron. Y por otra parte, créame usté, mi niño es un alma de Dios, mejor que el pan, incapaz de

cualquier desacato. Con él irá usted más segura que con un padre capuchino.

La viuda estaba decidida a ir a Córdoba y pasó por todo.

-Iré con Blasillo -dijo por último. -Si murmuran, que murmuren. Yo confío en el buen natural y en la cristiana crianza del muchacho, y confío más aun en mi gravedad y entereza.

-Tiene usted razón que le sobra, señá Nicolasa. El chico es tan bueno, noble y tranquilo que no será menester que usté se haga de pencas.

La claridad del día iba extendiéndose por el cielo, se teñía el Oriente de un vago color de rosa que anunciaba la pronta salida del sol, y en la mitad del éter, como joya de oro sobre obscuro manto azul, resplandecía el lucero miguero. Corría un vientecillo fresco; los pajarillos cantaban; el rocío daba lustre y esmalte a la yerba nueva, blanqueaban los almendros en flor, y las nacientes hojas de los árboles deleitaban la vista con su tierna verdura. Era uno de los primeros días del mes de Abril.

La señá Nicolasa había enviudado temprano y tendría a lo más veintiséis o veintisiete abriles. Era alta y esbelta, aunque poco enjuta de carnes. Su ademán decidido y su aspecto señoril, grave y casi imperatorio, se hallaban en perfecta conformidad con la fama que tenía de honrada, severa, valerosa y sobrado capaz de tener a raya a los hombres más insolentes, y de no necesitar protección ni socorro para impedir que le perdiesen el respeto.

En aquella ocasión salió del lugar montada en un poderoso mulo romo, sobre muy lujosas y cómodas jamugas, con blandos almohadones de pluma y con su tablilla para apoyar los piececitos. Iba con tanta majestad y era tan gallarda morena que parecía la propia reina de Sabá cuando caminaba hacia Jerusalem para visitar a Salomón y poner a prueba su sabiduría con enmarañados acertijos.

En el otro mulo, que llevaba el baúl de la viuda y algunos encargos, Blasillo iba detrás muy respetuoso y sin atreverse a hablar a la adusta y floreciente matrona cuya custodia le había confiado su abuelo.

Pasaron no pocas horas, callados siempre los dos caminantes y marchando los mulos a buen paso.

Estaban en medio de la campiña. No había por allí olivares, ni huertas, ni árbol que diese sombra, sino terrenos sin roturar, donde las plantas que más descollaban eran el romero y el tomillo, entonces en flor y que exhalaban olor muy grato, o bien extensas hojas de cortijo, sembradas unas, otras en barbecho o en rastrojo. Lo sembrado verdeaba alegremente, porque aquel año había llovido bien y los trigos estaban crecidos y lozanos. El suelo, formado de suaves lomas, hacía ondulaciones, y como no había árboles, la vista se dilataba por grande extensión sin que nada le estorbase. Aquello parecía un desierto. No se descubría casa ni choza, ni rastro de albergue humano por cuanto abarcaba la vista.

El sol casi culminaba ya en el meridiano, y nuestros viajeros, recibiéndole a plomo sobre las cabezas, apenas proyectaban sombra. Ni en la vereda por donde iban, ni cerca ni lejos parecía bicho viviente.

La señá Nicolasa empezó a sentir calor, fatiga y hambre, y mostró deseos de almorzar y descansar un poco.

-Antes de diez minutos llegaremos -dijo Blasillo-. En cuantico subamos esta cuestecilla y estemos en lo alto de la loma, verá usted el arroyo que está del otro lado, y allí en medio de los álamos negros y de los mimbrones que crecen en la orilla, podremos almorzar muy regaladamente, descansar tres o cuatro horas y hasta echar una siesta.

Todo ocurrió como Blasillo lo anunciaba. Llegaron al arroyo cuya agua era limpia y cristalina. Cubrían su imagen tupido césped y silvestres flores. La espesura de los árboles formaba soto umbrío. En el follaje, por lo mismo que había poquísima arboleda por aquellos contornos, venía a guarecerse innumerable multitud de pajarillos de varias castas y linajes que animaban la esquiva soledad con sus trinos y gorjeos.

Como el tío Blas era muy buen cristiano, muy recto y temeroso de Dios, muy seguro en sus tratos y persona de estrecha conciencia, había, según suele decirse, leído la cartilla a Blasillo y encargándole que no se desmandase en lo más mínimo, que le sacase airoso y que no desmintiese con su conducta las alabanzas que había hecho de él a la joven viuda, aunque para este fin tuviese que luchar con todos los enemigos del alma y vencerlos.

A la verdad, no necesitaba Blasillo de aquellas amonestaciones. Siempre había contemplado a la joven viuda con tan profunda veneración, que el discurso de su abuelo de nada servía para disuadirle de propósitos audaces que jamás había formado. Antes bien, si Blasillo no hubiera sido tan bueno, el discurso del abuelo hubiera podido servir para despertar en su alma candorosa los propósitos susodichos.

Como quiera que fuese, Blasillo distaba tanto de haberlos concebido que se puso más colorado que un pavo cuando, con timidez que por dicha no deslustró su agilidad, su buena maña y la fuerza de sus brazos, recibió a la viuda, que se dejó caer en ellos para echar pie a tierra. Extendió allí Blasillo una limpia servilleta que sacó de las alforjas y
colocó sobre ella los boquerones fritos, el pollo fiambre, el blanco pan y las apetitosas chucherías que para la merienda llevaba. Ni faltaron cuchillos y tenedores ni vasos de bien fregado vidrio, en el mayor de los cuales trajo Blasillo agua fresca del arroyo, reservando otros dos vasos más pequeños para el añejo y generoso vino de Montilla que había en su bota.

La viuda y su acompañante se sentaron amistosamente, él enfrente de ella, y comieron y bebieron con fruición y como dos príncipes.

Blasillo, más silencioso que parlanchín, apenas desplegaba los labios; pero la viuda hablaba y procuraba hacer hablar a Blasillo con preguntas y consideraciones. Casi ya terminado el festín y más animada la viuda, dijo a Blasillo:

-Estoy contenta de ti. Estoy satisfecha. Tu abuelito te ha dado muy buena crianza. Pero hablando con franqueza, bien es menester que tenga yo todo el valor que tengo para fiarme, como me he fiado, de un mozuelo como tú, y para venirme sola con él y sin amparo ninguno a un sitio como éste, cuya soledad aterra. Ya ves tú... Ahora serán las doce del día. La tranquilidad y el silencio de estas horas y en estos lugares son casi tan medrosos como la tranquilidad y el silencio de la media noche. No parece sino que tú y yo estamos solitos en el mundo, o por lo menos que no viven en él seres humanos y de bulto, prójimos nuestros, sino pajarillos que cantan y que no saben ni entienden lo que nosotros somos ni lo que hacemos. Declaro que si yo no estuviera tan segura de mí y de ti me arrepentiría de lo hecho como del más osado y peligroso disparate.

-Pues mire su mercé, señá Nicolasa, bien hace en no arrepentirse y mejor aún en no creer disparate lo hecho. Ya me recomendó el abuelo que me portase bien. Y no era menester que me lo recomendase. Yo soy quien soy, y conmigo va su mercé como bajo un fanal.

Lo sé, lo veo, hijo mío -replicó la viuda-. Tú eres de los que no hay; algo de extraño y que no se estila. Y sin embargo... a pesar de tu excelente condición... ¿quién sabe?... ni aquí ni a mucha distancia de aquí hay criaturas de nuestra casta. Pero ¿podremos afirmar que en torno nuestro, sin que nosotros los veamos ni los sintamos, no haya duendes o diablillos traviesos que nos hablen al oído y nos infundan malos pensamientos?... Si he de confesarte la verdad, yo tengo miedo. Y no temo por ti ni por mí, si, naturalmente, seguimos siendo como somos. Temo por el misterio que nos rodea y en el cual tal vez se esconda no sé qué brujería o hechizo.

-Pues nada, señá Nicolasa, sosiéguese usted y no tema. Aquí no hay diablo ni duende que valga. Contra todos ellos, si los hay, me defenderé yo y defenderé a su mercé, y su mercé y yo seguiremos siendo los mismos que antes, sin trastorno ni encantamiento.

Hubo una larga y silenciosa pausa. Luego exclamó la vida:

-Quiero suponer, hijo mío, que tú a despecho de tu buen natural, movido por un poder irresistible, te atrevieses ahora a perderme el respeto. ¡Qué apuro el mío! ¿Qué recurso me quedaba? Tú tienes mucha más fuerza que yo.

¡Por los clavos de Cristo, señá Nicolasa! No se aflija su mercé ni me aflija suponiendo cosas indignas e imposibles.

-Y con tal de que no sean, ¿qué importa que yo las suponga? Supongámoslas, pues. ¿Qué haría yo entonces?

-Toma -contestó Blasillo-, gritar, que alguien acudiría. -Pero muchacho, ¿quién había de oírme, si estoy algo ronca y tengo la voz muy débil?

Sobrevino otro largo rato de silencio. Luego dijo Blasillo:

-Aunque fuera su mercé muda, señá Nicolasa, y aunque viniese a tentarme una legión de demonios, en este desierto y a mi vera estaría su mercé tan libre de todo peligro y de toda ofensa como si se encontrase en medio de la plaza de nuestro lugar a la hora del mercado.

La señá Nicolasa se mordió los labios, hizo una ligera mueca, no se sabe si de satisfacción o de despecho, y calló durante largo rato, como sumida en profundas meditaciones.

-Quisiera dormir un poco, -dijo por último.

-Nada más fácil, -contestó Blasillo.

Y sin añadir palabra, trajo la manta y los almohadones de las jamugas, los extendió en el suelo, preparando cama para la viuda y la invitó por señas a que se tendiese y durmiese. Luego añadió:

-Yo me retiraré para que quede su mercé a sus anchas, no sienta ruido y duerma tranquila y a gusto.

-Oye, hijo mío, no te vayas muy lejos, que tendré miedo si me dejas sola. -Pues está bien. No me iré muy lejos.

Acostóse la viuda, pero se cuenta que no se durmió, aunque cerró los ojos y pareció dormida, y durmiendo, tan bonita o más bonita que despierta.

Pasó más de una hora. Blasillo, desde el punto no muy distante a donde se había retirado, acudió de puntillas a ver si la viuda estaba aún durmiendo. La vio dormir, se detuvo inmóvil, mirando, mirando, reprimiendo el aliento, y se retiró para no despertarla. Siete u ocho veces repitió Blasillo la misma operación. No hacía más que ir y venir. Cada vez llegaba más cerca de la mujer dormida. La última vez, queriendo sin duda verla mejor y más despacio, se hincó de rodillas y se aproximó tanto a ella que, si hubiese estado despierta, según sospechamos, aunque no nos atrevemos a asegurarlo, hubiera sentido la respiración de Blasillo sobre su rostro y agitando los negros rizos de sus sienes, y hasta

hubiera recelado que la boca de Blasillo iba al cabo a salvar la distancia cortísima que de la boca de ella la separaba.

Pero no hubo nada de esto. Blasillo se retiró de nuevo. Y entonces, en el supuesto siempre de que la viuda pudiera estar despierta y fingir que dormía, la viuda hubiera podido oír un tenue y larguísimo suspiro.

Al fin la viuda se recobró del sueño, fingido o verdadero, volvió a montar en su mulo, aupada por el respetuoso Blasillo que la levantó en sus brazos, y en gran silencio y sin otra novedad que merezca referirse, llegó a Córdoba aquella misma noche.

La señá Nicolasa tuvo tan buena suerte y estuvo tan hábil, que en menos de cuatro días despachó cuanto en Córdoba tenía que hacer.

Blasillo con sus mulos, la aguardó en una posada, según ella lo había exigido.

Y luego que ella lo dispuso, Blasillo la acompañó y la llevó desde Córdoba al lugar en la misma forma y manera en que hasta Córdoba había ido.

Hubo, no obstante, una notabilísima diferencia al volver.

La señá Nicolasa se mostró a la vuelta más entonada y seria que a la ida. Al merendar en el sotillo, a la margen del arroyo que promediaba el camino, habló poco. No recordó sus pasados recelos y temores, no los tuvo otra vez y no quiso dormir o fingir que dormía.

Por esto y porque los mulos, atraídos por la querencia, parecían tener alas y picaban prodigiosamente, el viaje de vuelta fue mucho más rápido que el de ida, y pronto se encontraron en el lugar los dos viajeros.

Cuando al otro día fue la señá Nicolasa a ver al tío Blas para ajustar cuentas con él y pagarle, se entabló entre ellos el siguiente diálogo:

-Estoy muy agradecida, tío Blas. Su nieto de usted es un santo. Se ha portado muy bien conmigo. Me ha cuidado mucho y no me ha perdido el respeto. Estoy muy agradecida.

Lejos de mostrarse el tío Blas satisfecho de lo que la viuda le decía, la miró fosco y enojado y le dijo:

-Pues yo, señá Nicolasa, no estoy agradecido ni mucho menos. Lo tratado fue que el niño no había de perderle a usted el respeto y no se le ha perdido; pero no fue lo tratado que usted había de hacerle perder el juicio. Y usted se lo ha hecho perder con mil retrecherías, de las que él no me ha hablado, pero de las que yo sospecho que usted se ha valido. El muchacho ha vuelto medio tonto. No come, ni duerme, ni habla, ni ríe. Está como si le hubieran dado cañazo. Si así paga usted que el chico no le perdiese el respeto, más le valiera habérsele perdido.

La desalmada viuda, en vez de afligirse al oír aquellas quejas y al saber la cruel transformación que se había realizado en Blasillo, no acertó a disimular su alegría y dijo al tío Blas:

-Tío Blas, yo me confieso culpada. He provocado a Blasillo. Prendada de él, he dicho y hecho diabluras procurando que me pierda el respeto. No me le ha perdido, pero en cambio yo he perdido el juicio por él, y ahora, aunque usted rabie y se enoje, me alegro de saber de boca de usted lo que yo sospechaba ya, que él también ha perdido el juicio por mí. Pero esto tiene fácil y pronto remedio. Si Blasillo me perdona los seis o siete años que tengo más que él, y si no forma mala opinión de mí por lo desenvuelta que anduve en el sotillo, y si entiende, como entienden todos en el lugar, que nadie me ha tocado el pelo de la ropa sino mi difunto marido, que buen poso haya, acudamos al cura para que nos cure y para que sin perderme el respeto, él y yo recobremos el juicio que ambos hemos perdido. Aquí está mi mano. ¿Querrá Blasillo tomarla?

-¡Pues no ha de querer, señá Nicolasa, pues no ha de querer! Y el tío Blas, muy contento, se desgañitaba gritando: -¡Blasillo!... ¡Blasillo!... ven acá, muchacho. A las voces acudió Blasillo, que por dicha estaba en casa. El tío Blas le dijo:

-Mira hombre, aquí tienes a la señá Nicolasa. Hazme el favor y hazle el favor de ser ahora menos respetuoso con ella que durante el viaje y plantifícale media docena de besos en esa cara tan hermosa, donde ella está deseando que se los des. Si con esto le pierdes un poquito el respeto a la señá Nicolasa y cometes un pecado, ya el cura te absolverá, la absolverá a ella y os echará a ambos las bendiciones.

Blasillo no se hizo de rogar. Arremetió con la viuda, ya sin la menor timidez, le dio muchos más besos que los que el abuelo le recomendó que le diese, los recibió de ella en inmediato pago, y con el mismo brío y facilidad con que había levantado a la señá Nicolasa para subirla en el mulo, la levantó en el aire y la brincó y la chilló como preciada y queridísima prenda suya. La señá Nicolasa se reía de gusto, cerraba los ojos como si fuera a desmayarse y se alegraba de todo corazón de que Blasillo no le hubiese perdido el respeto, a fin de ser pronto toda de él con respeto y con todo.